# ALIBIS inc.

**Projet dirigé par Anne-Marie Villeneuve**

Conception graphique: Karine Raymond
Mise en pages: André Vallé – Atelier Typo Jane
Révision linguistique: Diane Martin et Chantale Landry

Québec Amérique
7240, rue Saint-Hubert
Montréal (Québec) Canada H2R 2N1
Téléphone: 514 499-3000, télécopieur: 514 499-3010

Nous reconnaissons l'aide financière du gouvernement du Canada par l'entremise du Fonds du livre du Canada pour nos activités d'édition.

Nous remercions le Conseil des arts du Canada de son soutien. L'an dernier, le Conseil a investi 157 millions de dollars pour mettre de l'art dans la vie des Canadiennes et des Canadiens de tout le pays.

Nous tenons également à remercier la SODEC pour son appui financier. Gouvernement du Québec – Programme de crédit d'impôt pour l'édition de livres – Gestion SODEC.

Canada  Conseil des arts   Canada Council   SODEC
du Canada      for the Arts     Québec

**Catalogage avant publication de Bibliothèque et Archives nationales du Québec et Bibliothèque et Archives Canada**

Boulanger, Fabrice
Alibis inc.
(Titan; 66)
ISBN 978-2-7644-0491-1 (Version imprimée)
ISBN 978-2-7644-1027-1 (PDF)
ISBN 978-2-7644-2204-5 (ePub)
I. Titre. II. Collection: Titan jeunesse; 66.
PS8553.O838A84 2006    jC843'.54   C2006-940679-0
PS9553.O838A84 2006

Dépôt légal, Bibliothèque et Archives nationales du Québec, 2006
Dépôt légal, Bibliothèque et Archives du Canada, 2006

Réimpression: août 2017

Imprimé au Canada

# ALIBIS inc.

**FABRICE BOULANGER**

Québec Amérique

*Certaines personnes vous ouvrent la porte d'univers
qui vous semblaient inaccessibles.
Personnellement, c'est un professeur de français,
Jean Davister, qui m'a fait découvrir les mondes fascinants
de la lecture et de l'écriture.
Merci, Jean, d'avoir entrouvert cette porte.*

# Cinq jours...

On m'a bandé les yeux. Je sens la route défiler sous la grosse limousine. Je ne dois pas deviner où nous nous rendons. Nous avons certainement traversé plusieurs quartiers de la ville. J'entends une circulation plus dense, nous nous approchons du centre.

Deux individus que je ne connais pas me conduisent à mon père, réfugié quelque part à Montréal. Je ne peux pas savoir où il se cache. A-t-il peur d'être dénoncé? Peut-être. Mon père est lié d'une manière ou d'une autre à l'enlèvement d'un élève de ma classe, l'ado qui vaut le plus cher de toute l'école : Kevin Black, fils du président-directeur général d'une entreprise de matériel informatique. Mon père demande une rançon importante. Une partie a déjà été versée. J'ai eu droit à une augmentation de mon argent de poche et à une nouvelle chambre meublée tout confort. Mon père a fait ça pour moi.

Je suis directement impliquée dans l'enlèvement. J'ai inconsciemment fourni à mon père les conditions idéales pour mettre son plan à exécution. Je lui ai donné le temps d'agir et une protection presque infaillible pour lui éviter d'être arrêté. J'ai peine à croire qu'il lui a été aussi facile d'agir ainsi sous mon nez et de profiter de mes actes sans que je m'aperçoive de quoi que ce soit. Mon père a abusé de ma confiance. Il ne m'a jamais mise au courant de ses intentions.

Je suis coupable d'avoir voulu aider un élève de ma classe et peut-être... d'en avoir trop demandé à mon père. D'avoir trop exigé de lui. Il a fait ça pour moi. Dois-je me considérer comme une complice ?

Il a suffi de cinq jours pour que l'opinion que j'avais de lui change radicalement. Cinq jours pour que je comprenne à quoi nous étions mêlés, lui et moi. Cinq jours pour qu'aux yeux de sa fille un père devienne un criminel. Cinq jours... ce n'est pas beaucoup.

# Chapitre 1

## Premier jour

www.foudemicro.qc.ca, cette fois l'article est en ligne. Ça fait deux semaines que je l'attends. La page qui parle du nouveau microprocesseur informatique qui va littéralement révolutionner le marché se télécharge lentement sur mon vieil ordinateur portable. Si l'on en croit la chronique, les processeurs actuels figureront bientôt dans les musées. Les nouvelles machines seront équipées d'un système d'exploitation beaucoup plus sophistiqué, élaboré par un jeune génie de l'informatique. La puissance de calcul s'annonce prodigieuse ! Dans quelques jours, au cours d'une importante conférence de presse, les dirigeants de l'entreprise dévoileront les caractéristiques de ce beau joujou. J'ai hâte d'entendre ça ! Malheureusement, il va falloir patienter encore un peu avant d'admirer « la bête » pour de vrai, et encore bien plus pour espérer la trouver sur le marché de l'occasion.

Du coin de l'œil, j'aperçois mon père, l'air dépité.

C'est chaque fois la même chose quand il passe une audition. Il sort des coulisses, me regarde avec son air piteux et jette les quelques pages qu'il avait à apprendre dans la première poubelle qu'il croise. Après, j'ai droit à un bisou comme prix de consolation pour ne pas le voir bientôt sur une scène.

Il s'assied à côté de moi.

— Désolé, ma belle, ce n'est pas encore ce premier rôle qui nous permettra de payer la maison.

Je lui souris malgré ma déception.

— Je m'y attendais un peu. Tu n'as pas eu beaucoup de temps pour travailler le personnage.

— On a d'autres cordes à notre arc, hein Lucie ?

Des cordes minables, oui.

— Mais j'aimerais ça, papa, te revoir jouer au théâtre. C'est là que t'es le meilleur.

— Va dire ça au metteur en scène, je suis pas sûr qu'il ait été convaincu par ma prestation. Le comédien qu'il avait choisi pour le premier rôle s'est désisté. Il cherche quelqu'un pour le remplacer. La première a lieu dans quelques semaines. J'ai bien peur que ce soit sans moi.

Mon père fixe l'écran de mon portable sur mes genoux.

— Lucie, ne me dis pas que tu es connectée à Internet par ton cellulaire ? Ça coûte une fortune ! On avait convenu qu'on utilisait cette ligne uniquement pour le boulot! Et ton examen de maths, t'as revu les formules?

— Je les connais, mes formules, t'inquiète pas.

Je referme mon portable et débranche le téléphone.

— On a un client à aller chercher, non?

▲ ▼ ▲

Je trouve toujours étonnant de voir qu'on passe inaperçus dans les quartiers de Montréal en roulant dans notre grosse limousine blanche. De nos jours, plus personne ne se retourne quand une voiture de neuf mètres de long s'engage dans un petit quartier résidentiel.

Je suis confortablement assise sur une banquette, dos au conducteur mais séparé de lui par une cloison vitrée. Sur une petite table, j'ai installé mon ordi et un micro. À côté de moi, je place mes trois téléphones cellulaires achetés à rabais dans une vente de faillite. Ils sont chacun d'une couleur différente pour que je m'y retrouve plus facilement.

Mon père conduit. Ce n'est plus mon père, mais un chauffeur de limousine ultrachic, on dirait le domestique d'un lord anglais. Quelques prothèses en latex appliquées sur le visage, une perruque et un quart d'heure de maquillage suffisent pour que mon père devienne méconnaissable. On dirait qu'il a vingt ans de plus et quelques kilos à perdre. Il fait descendre la vitre qui sépare l'habitacle des sièges avant.

— Rappelle-moi ce que tu as inventé pour Mario, cette fois-ci?

— Tu joues un chauffeur de la Paramount, la maison de production hollywoodienne, qui est actuellement en tournage dans le coin de Tadoussac. Mario est engagé pour être codirecteur artistique pendant les quelques jours de tournage au Québec.

— Tu as envoyé des documents ?

— Il a reçu un scénario bidon, un texte sans importance qui était disponible sur le Web, et une lettre d'entente. Ça devrait suffire pour convaincre sa femme.

Je tends quelques cartes professionnelles à mon père.

— Donnes-en une à sa conjointe, c'est soi-disant le numéro de téléphone d'une directrice de plateau.

Mon père admire les petites cartes sur lesquelles j'ai harmonisé le logo de la célèbre maison de production cinématographique et les coordonnées de Lindsey Fisher, dont son numéro de téléphone sur le plateau : le numéro d'un de mes cellulaires.

— Joli travail. Tu deviens bonne dans Photoshop !

▲ ▼ ▲

Je surveille l'entrée de la maison, bien calée dans le fond de mon siège. Mon père a salué Mario et son épouse Cathy en suivant à la lettre le guide des bonnes manières. Il donne une de mes cartes à la dame et s'empare des bagages. Je devine ses pensées... pourvu que Cathy ne le reconnaisse pas ! Ce n'est pas la première fois que Mario fait appel à nos services ; trouver un nouveau déguisement devient de plus en plus complexe. Dernier baiser passionné du couple. Ce gars-là aurait dû être comédien !

Mario et mon père se connaissent depuis longtemps. Ils travaillaient ensemble dans le temps où les deux jouaient au théâtre d'été. D'après mon père, Mario est un don Juan pathologique !

Il s'assied en face de moi à l'autre bout de la limousine.

— Salut, Lucie. Dis donc, ton père est véritablement un as du déguisement. *Caramba* ! J'ai cru que tu m'avais envoyé un vrai chauffeur !

— Mmm, dommage que son talent ne soit reconnu que par un public aussi réduit. Avez-vous reçu les documents pour le tournage ?

— *Yes*, parfait ! Ma femme n'y a vu que du feu.

Mon père se tourne vers Mario, souriant.

— Et où conduit-on monsieur, cette fois-ci ?

— Aéroport Pierre-Elliott-Trudeau, direction Cuba ! Tchabada, tchabada..., lance Mario en se trémoussant sur une musique imaginaire.

La voiture démarre. J'ouvre mon ordinateur portable, tends un petit micro vers Mario.

— Sur la carte qu'a reçue Cathy, il y a le numéro de mon téléphone portable bleu. Je vais vous faire enregistrer une série de courtes phrases qui me serviront si elle veut vous joindre. Dans le meilleur des cas, je ferai en sorte que vous ne soyez pas joignable, mais si elle insiste pour vous parler...

Mario se rapproche de mon micro.

— OK, OK, super idée ! Qu'est-ce que je dois dire ?

Je tourne l'écran de mon ordi vers le passager.

— Sur l'écran, des mots ou des phrases vont s'allumer. Quand ils deviennent rouges, récitez à haute voix pendant que l'ordi enregistre. N'oubliez pas que vous parlez à votre femme.

Je mets en marche l'enregistreur MP3 de mon ordinateur. Mario récite.

— Salut.

— Oui.

— Non.

— Je ne sais pas.

Mario a parfaitement compris mon système, le ton de sa voix imite vraiment celui d'un amoureux qui a hâte de revoir sa compagne. J'enregistre une trentaine de phrases clés.

— Si elle appelle pendant que je suis en classe, je ne répondrai pas, elle supposera qu'on est en plein tournage et que vous n'êtes pas joignable.

— *Right!* Vous êtes vraiment devenus des pros!

Nous arrivons à l'aéroport, mon père cherche un stationnement.

— Maintenant, en ce qui concerne le paiement...

Mario se tourne vers mon père.

— Peux-tu rajouter ça à ma note?

Je me cabre. Il est le seul à qui mon père propose un crédit, soi-disant parce que c'est un bon ami. J'essaye quand même.

— C'est la quatrième fois! Il faudrait vraiment...

Je m'y attendais, mon père intervient.

— Laisse, Lucie, Mario nous paiera plus tard.

C'est ça, quand on couchera sous les ponts. J'ai horreur que les clients passent par-dessus mon épaule pour s'adresser directement à mon père quand il s'agit de régler un problème d'argent. Je peux gérer ça. Je ne suis plus une gamine.

Mon père-chauffeur-de-limousine sort de la voiture pour ouvrir la porte à Mario et prendre ses bagages.

— Merci, Sidney, ce voyage à Cuba me coûte une fortune et je...

Du fond de la voiture, je ne peux pas me retenir.

— Chères à entretenir, toutes ces dames, hein !

— Lucie, ce n'est pas tes affaires ! lance mon père.

Désolée, mais il l'a bien mérité !

— Bref, reprend Mario, c'est à charge de revanche. Je ne vous oublie pas.

Le temps que mon père regagne la voiture, j'observe Mario qui s'éloigne dans l'aéroport. Une femme aux cheveux courts et à l'allure sportive lui saute dans les bras.

Ce sont toujours les mêmes qui prennent du bon temps : hôtel chic, repas gastronomiques et plage de sable fin. Pour mon père et moi, le forfait « tout inclus » comprend job minable, maison vide et pasta sauce tomate !

# Chapitre 2

La cour est pleine, aucun risque que j'attire l'attention des surveillants, je travaille dans un coin tranquille. Assise à une table de pique-nique d'une des plus belles écoles privées d'Outremont, je prépare mon examen de maths. J'ai pris la soirée d'hier pour numériser les étiquettes de mon pot de colle, de ma bouteille d'eau et de ma boîte de crayons. Avec un bon programme de dessin, je remplace les inscriptions de l'emballage par des formules mathématiques. Après, il n'y a plus qu'à imprimer et à coller les fausses étiquettes sur les produits. C'est garanti, les profs n'y voient que du feu! La nôtre, d'ailleurs, n'y voit rien du tout, elle a des fonds de bouteille comme lunettes.

De temps à autre, les voitures qui déversent des ados devant mon école secondaire attirent mon attention. On a beau être tous habillés de la même manière, savoir qui a le plus d'argent reste un jeu facile. Ici, tant qu'à arriver en Toyota Tercel, autant venir à pied... Les filles de ma classe sortent de BMW ou de Jaguar. Pour ce qui est du tape-à-l'œil, je ne me débrouille pas trop mal : je descends d'une limousine. Même si ça n'impressionne pas tout le monde, ça fait jaser.

J'essaye de m'appliquer, il faut que je termine mes collages avant le début des cours, mais une présence me déconcentre : il y a quelqu'un derrière moi.

— Pas pire, tes étiquettes ! Moi, j'en suis encore à copier des formules sur des bouts de papier.

Kevin est nouveau de cette année. Il n'est pas du genre bavard ! Sous sa tignasse blonde, je distingue vaguement son regard. En fait, s'il était un peu plus sociable, je crois qu'il aurait du succès auprès des filles de ma classe. Pour ma part, je n'ai pas tellement envie qu'il mette son nez dans mes affaires.

— Désolée... pas trop le temps de jaser.

Kevin s'assied quand même en face de moi.

— Je te cherchais, tout à l'heure. Ta copine Natacha m'a dit que tu pourrais me rendre service...

Plus tard, Natacha travaillera aux ressources humaines dans une entreprise ! Elle sait tout sur tout le monde, une vraie mine d'informations. Un peu trop, parfois !

Je poursuis mon collage, concentrée. Kevin se rapproche, il s'étire et attrape mon pot de colle.

— Hé !

— Écoute ça ! Il y a une soirée hip-hop ce soir au Bavard. C'est une sorte de cabaret au coin de Sainte-Catherine et de Sanguinet. Mes *chums* et moi, on voudrait y aller, mais mon père me laissera pas, surtout en pleine période d'examens.

— Et alors, qu'est-ce que tu veux que ça me fasse ?

— Je cherche quelqu'un pour m'aider. Je connais pas beaucoup de gens, ici. Tout ce que je sais, c'est que Natacha a confiance en toi.

— Rends-moi ma colle, je n'ai pas fini.

— On pourrait faire croire que je passe la soirée chez toi. J'adore les chevaux. Si mon père t'appelle, tu n'as qu'à dire que vous avez un cheval et qu'on est allés monter ensemble. Mon père accepte que je m'aère l'esprit en période d'examens, il dit que c'est bon pour la concentration. Après, on invente que nous révisons le cours d'anglais ensemble et que je dors chez toi. Demain, on se retrouve tous les deux à l'école comme si de rien n'était !

— T'es malade ? Je ne prends pas ce genre de risques… et puis je ne suis jamais montée sur un cheval !

— J'ai un peu de *cash* pour financer l'opération.

— Laisse faire, je n'ai pas le temps de m'occuper de ça.

— Ouais, c'est vrai, il faut que tu finisses tes collages. J'espère que la prof ne te coincera pas. Ce serait dommage de mettre ton année en péril…

— Qu'est-ce que tu veux dire ? Tu ne vas pas me dénoncer ?

— Mais non, voyons ! plaisante-t-il sur un ton douteux. Je ne suis pas comme ça.

Il me rend ma colle.

— Bon, tant pis. Je vais dire à mes *chums* de laisser tomber, déclare-t-il en me faisant un sourire tristounet auquel je ne résiste pas.

— OK, d'accord, quatre-vingts dollars, ça te va?

— Cinquante.

— Soixante-dix. Pas en dessous. La moitié maintenant...

— Le reste si tu m'aides jusqu'au bout! m'interrompt Kevin. Ça marche, approuve-t-il en me serrant la main, tout heureux.

— T'as un cellulaire?

— J'ai horreur de me faire déranger par ces gadgets.

— Parfait!

Je griffonne le numéro de mon téléphone jaune sur un bout de papier.

— Tu donneras ce numéro à ton père, c'est un cellu-laire.

— Je préférerais qu'il ne t'appelle pas, je serai pas là.

Je sors le grand jeu, ordi, micro...

— Ça paraîtra plus crédible comme ça. Je vais enregis-trer ta voix sur mon ordi. Juste quelques phrases, au cas où il insisterait pour te parler.

Je place l'ordinateur face à Kevin.

— Quand les mots s'allument en rouge, tu les récites en parlant normalement dans le micro. À la fin, tu appuies sur « STOP », tu sauvegardes et tu fermes le programme.

À voir la tête de Kevin, je comprends qu'il ne s'atten-dait pas à ce que je mette en place ce genre de stratégie.

Je lance l'enregistrement et je me remets à mes étiquettes. Je n'ai plus que quelques minutes.

La sonnerie de l'école retentit. Dans moins d'une minute, la cour va se vider. Il reste encore quelques mots que Kevin doit prononcer. J'ai juste le temps de ranger mon matériel de bricolage.

— Dépêche-toi, on va se faire repérer et j'en ai pas tellement envie.

— Correct. J'éteins comment déjà ?

— Je te l'ai dit : clique sur le *stop* et sauvegarde !

— Et comment je sauvegarde ?

— Voyons, tu t'es jamais servi d'un ordi ou quoi ? Dans *fichier*, fais *enregistrer sous* puis donne ton nom au document créé.

Kevin s'exécute et me rend ma machine.

— Voilà.

Je remarque une enveloppe qu'il a glissée discrètement à l'intérieur de l'ordinateur portable.

— Il y a ce qu'il faut là-dedans. Si tout marche comme prévu, promis, t'auras le reste.

— T'inquiète pas, je tiens toujours mes engagements.

Ça m'étonne, je ne connais personne qui range son argent dans une enveloppe. C'est comme s'il avait mis son argent de côté en prévision de notre affaire...

Au milieu de la cour, je vois Natacha, entourée d'une bonne partie des filles de ma classe. On dirait qu'elle fait une démonstration de Tupperware. J'attrape mes affaires et je la rejoins.

Natacha se sépare du groupe et vient vers moi en brandissant un téléphone portable.

— Je l'ai eu, ma mère a bien voulu m'offrir le cellulaire dont je rêvais !

Je regarde le minuscule téléphone que mon amie tient entre ses mains. Un pur concentré de technologie, un véritable petit bijou. À côté de ça, mes cellulaires ressemblent à des fossiles de la période jurassique !

— Nat, qu'est-ce que tu vas faire avec cette bébelle-là ? Il y a beaucoup trop de boutons !

— Vidéoconférence, GPS, photos et accès Internet, m'énumère-t-elle en pianotant sur la machine. C'est le tout dernier cri !

— Tu sais comment répondre à un appel, au moins ?

— En fait... j'ai pas encore lu tout le mode d'emploi, mais...

— Pourquoi tu m'as envoyé Kevin ? dis-je en détournant volontairement la conversation.

— Oh ! Excuse-moi, ma vieille, il m'a dit qu'il cherchait quelqu'un pour le couvrir ! J'ai pensé que ça t'intéresserait. Moi, je l'ai trouvé assez mignon et puis, il paraît que c'est un fils de riche, genre très riche. Donc, si le boulot te permet de financer notre petite sortie resto entre filles de la fin de semaine... Pourquoi pas !

— Nat, je t'ai dit que je trouvais ça trop cher.

— Tu as refusé son offre ? rétorque mon amie, un peu déroutée.

— Non, j'ai pas pu...

— Eh! oui, je sais, il est mignon!

— Non, oublie ça, c'est que... enfin bref, on verra bien. Il a besoin d'un alibi pour ce soir. Il sort avec des copains.

— En plein dans tes cordes!

— Oui, et en pleine période d'examens, aussi!

— M'en parle pas, je comprends rien à toutes ces formules. T'as retenu quelque chose, toi?

— Disons que j'ai passé la soirée à les écrire pour ne pas les oublier...

# Chapitre 3

Une seule chose attire mon attention quand j'arrive à la maison : la délicieuse odeur de mon plat préféré. J'entends mon père qui m'appelle. C'est prêt dans cinq minutes... Juste le temps pour moi d'aller déposer mes affaires dans ma chambre.

Entrer chez nous, c'est comme visiter une maison modèle. À l'extérieur, elle a l'apparence d'une très jolie maison à trois étages de l'arrondissement Outremont. Dedans, à part les murs blancs, des meubles de jardin et quelques caisses en carton qui servent de rangement, il n'y a pas grand-chose.

Ma chambre, par contre, est assez meublée. Derrière un grand comptoir en bois sur lequel j'installe mon ordi, il y a un miroir et, de chaque côté, des étagères qui servaient à ranger des bouteilles. Ce bar me sert de bureau. Il y a plusieurs petites tables rondes disposées un peu partout dans la pièce, une table de black-jack, un piano mécanique qui joue de la musique country et un billard sur lequel mon père et moi avons adapté mon lit. Ma chambre, c'est un *saloon*!

Mon père a récupéré ce décor après le tournage d'une des rares publicités récentes dans lesquelles il a joué. Comme à l'époque ma chambre n'était plus meublée, il a cru bon de faire la décoration avec ce qu'il avait sous la main...

J'ai horreur des westerns.

Je file me mettre à table, j'ai l'estomac qui gronde.

— Surprise! s'esclaffe mon père, déguisé en cuistot.

Des pâtes au saumon à la sauce rosée, le plat préféré de ma mère.

Aujourd'hui, on fête son anniversaire; mon père a mis la belle nappe et a préparé une table de fête. Nous ignorons quand elle doit rentrer.

Une bougie brûle juste à côté de la photo de ma mère sur l'étagère en acier, seul meuble décent du salon. Mon père se livre à ce petit rituel chaque année. Au fond, je ne comprends même pas pourquoi, puisqu'il n'est pas croyant.

Ma mère n'est pas morte, elle a juste «disparu» quand j'avais onze ans. La coupure de presse est encore à côté de la bougie:

**Des Canadiens disparaissent au large du Groenland**
*Plusieurs scientifiques québécois sont portés disparus depuis le naufrage de leur embarcation, qui devait emmener les plaisanciers à la découverte du cercle Arctique. D'après notre correspondant, une*

28

*avarie dans le moteur serait à l'origine d'une explosion qui aurait fait sombrer le bateau, etc.*

Personnellement, je ne vois pas trop la différence entre mourir et disparaître en pleine mer. Si la personne ne flotte pas à la surface de l'eau, elle est forcément au fond !

Ma mère occupait un poste important dans son entreprise, au point que mon père pouvait très bien n'obtenir qu'un rôle ou deux par an ; nous avions largement de quoi vivre dans un quartier chic de Montréal. Petit à petit, le théâtre est devenu un loisir pour lui. Il tenait surtout à passer du temps avec moi quand j'étais plus jeune. Après la disparition de ma mère, il n'a pas été possible, pour mon père, de replonger rapidement dans le milieu théâtral : personne ne se souvenait de lui. Nous avons vite épuisé nos économies. Il a fallu vendre une bonne partie de nos biens – vélos de montagne, canot, voiture, cinéma maison, meubles, etc. – pour rembourser les dettes et surtout payer l'hypothèque. Ça n'a pas suffi. Il aurait fallu vendre la maison, mais mon père a refusé, car il ne voulait pas s'installer dans un quartier plus pauvre. Mon éducation en souffrirait, comme il disait. Nous sommes donc restés dans les beaux quartiers et mon père a tellement insisté pour meubler ma chambre que je n'ai pas pu refuser.

— Alors, comment s'est passé ton examen ? me demande-t-il en me servant des pâtes.

— Pas mal du tout, je crois que je m'en suis bien sortie.

— T'es chanceuse, toi non plus tu n'as pas eu beaucoup de temps pour réviser avec tous les documents que je t'ai fait préparer.

Je change volontairement de sujet.

— Autant d'heures que toi pour apprendre ton rôle !

Je sens mon père sur la défensive.

— Lucie, tu ne vas pas revenir là-dessus. J'ai fait mon possible ! De toute manière, les rôles que j'ai eus jusqu'à présent ne payeraient pas une maison comme celle-ci. Il faut un autre revenu, un autre travail et du temps à y consacrer.

— Je préfère quand même lorsque t'es sur une scène !

— Et moi, à ton avis ? Je manque de temps pour étudier les rôles. Ça n'empêche pas que tu as toujours quelque chose dans ton assiette. Et puis, si tu veux m'aider à payer la maison, ne te prive surtout pas.

— Ça me tente pas vraiment de me retrouver derrière une caisse enregistreuse à servir les filles de ma classe qui viennent dépenser leur argent de poche. Tout ça parce que TU ne retrouves pas ta place dans un milieu que TU as délibérément quitté il y a plusieurs années.

— LUCIE, j'ai fait ça pour être avec toi !

— Autant changer de maison, alors !

— Je n'ai pas envie que tu te retrouves comme moi, quand j'avais ton âge, dans un quartier défavorisé, à côtoyer des revendeurs de drogue. Je ferai ce qu'il faut pour qu'on reste ici, avec ou sans ton aide.

Je regarde mes pâtes ; j'y suis allée un peu fort. Bien sûr, mon père a raison, mais des fois, j'aimerais qu'il essaye un peu moins de combler le vide qu'a laissé ma mère et qu'il pense un peu plus à lui.

— Excuse-moi.

Mon père se calme.

— Moi au moins, je garde espoir. Tu devrais en faire autant et peut-être qu'un de ces jours, tu auras l'agréable surprise d'apprendre que j'ai été retenu pour une pièce.

— Mouais...

Je change de sujet.

— Demain, il faut aller chercher l'inspecteur à qui j'ai envoyé une convocation pour un perfectionnement sur le piratage informatique.

— Oui, il a besoin d'un prétexte pour prendre une semaine de congé. D'ailleurs, comme il s'agit d'un nouveau client, je voudrais que tu sois là pour lui expliquer le détail de nos forfaits. On ira le chercher avant ton examen.

Mon père marque un temps d'arrêt.

— Je ne sais pas si c'est une bonne idée, d'avoir un policier comme client...

— C'est plutôt rigolo, un policier qui a besoin d'un alibi pour s'absenter de son travail. Tu crois vraiment qu'il pourrait nous créer des embêtements ?

— On déclare des revenus pour une agence de limousines qui n'en a que l'apparence, on fournit délibérément des alibis à qui nous le demande et, en plus, ma fille devient une experte en conception de faux documents. Disons que nous sommes à la limite de la légalité !

— De toute façon, on n'a qu'un client vraiment payant cette semaine.

— Mmm, je sais, on est mieux de le prendre.

— Peut-être qu'on aura assez d'argent de côté ce mois-ci pour me faire une nouvelle chambre ! dis-je tout emballée en avalant une bouchée.

— Lucie, les paiements pour la maison sont en retard. Et puis ta chambre me semble très bien. J'aurais adoré ça, à ton âge.

— Les filles de mon âge ont des chambres avec de beaux meubles modernes, une chaine stéréo, un coin pour se maquiller et des affiches de chanteurs hip-hop sexy sur les murs. La seule affiche que j'ai dans ma chambre représente la tête des Dalton avec l'inscription « *Wanted ! Dead or alive* ».

Mon père me lance un large sourire.

— Il doit me rester un costume western… avec ça, tu cadreras parfaitement !

Comme il termine sa phrase, j'entends un de mes téléphones portables qui sonne dans ma chambre. Je reconnais la sonnerie : le jaune, le père de Kevin.

— Zut !

Je bondis de ma chaise.

— Un de nos clients ? demande mon père.

Je ne sais pas quoi lui répondre. Pas le temps de réfléchir, j'improvise…

— Euh... non, c'est Natacha, on doit se parler d'un souper de filles prévu pour la fin de semaine !

— Ouh ! Affaire de première importance, dit mon père en rigolant.

Je file dans ma chambre. J'allume l'ordinateur à toute vitesse et attrape mon téléphone.

— Allo !

— Bonsoir, c'est Lucie ?

— Oui.

Je regarde l'écran. Ce vieux bazou charge vraiment trop lentement au démarrage. J'ai hâte de voir apparaître les icônes. Je devrai peut-être accéder aux échantillons de la voix de Kevin.

— Bonsoir, ici Frank Black, le père de Kevin.

— Ah oui, bonsoir, vous allez bien ?

J'adore ces formules de politesse à n'en plus finir, elles sont idéales pour gagner du temps.

— Oui, merci. Toi aussi ?

Blablabla, blablabla, ordinateur ouvre-toi !

— Oui, merci.

— Kevin m'a annoncé que vous alliez faire de l'équitation en soirée et qu'il passait la nuit chez vous. Tout se passe bien ?

— Oh, oui, oui, nous sommes au manège. Kevin monte notre jument avec l'aide de mon père.

— Pourrais-je lui parler ?

— Il n'est pas à côté de moi, je suis dans l'écurie. Si vous voulez que j'aille le chercher, ça va prendre quelques minutes.

— Inutile de dépenser de l'énergie pour ça ! Je souhaitais juste être sûr que tout allait bien.

Ouf ! Je ne vais peut-être pas avoir à me servir des enregistrements.

— Toi aussi, tu aimes les chevaux ?

— Oui, beaucoup, ça fait longtemps que je pratique l'équitation.

De grâce, pourvu qu'il ne continue pas sur ce sujet !

— Par curiosité, à quelle race appartient ta jument ?

Et bang ! La tuile !

— Une jument de Sibérie.

Pourquoi ai-je répondu ça ? C'est venu tout seul...

— Troublant ! Je n'ai jamais entendu parler de cette race-là.

— On n'en voit pas souvent, parce qu'elles sont très sensibles à la chaleur.

Au secours, je coule, envoyez-moi une bouée !

— Tes connaissances sont appréciables, Lucie. Je vais essayer de trouver de la documentation sur ce cheval, ça m'intéresse.

Bonne chance !

— Excellente idée ! Désolée, mais il va falloir que je raccroche, mon père a besoin d'aide pour brosser un cheval.

Ça se brosse, un cheval ? Pas la moindre idée !

— Bien. C'est important, l'entretien d'une belle bête. Ça a été un plaisir de discuter avec toi. Que votre soirée soit constructive.

— Merci, pour vous aussi.

Ouf, baissez le rideau ! Je n'aurais jamais dû me laisser embarquer dans cette histoire d'équitation.

# Chapitre 4

## Deuxième jour

Un homme bien ordinaire, âgé d'une cinquantaine d'années, s'enfonce en face de moi dans un siège de notre voiture. Taille moyenne, carrure moyenne, carrière moyenne. Moi qui m'attendais à voir monter un super flic de film américain. C'est raté ! Anthony Lampron n'a rien du policier sexy des films hollywoodiens. À part, peut-être, un goût certain pour le choix du costume. On pourrait le mêler à une masse de fonctionnaires, on ne remarquerait pas la différence. Pour passer incognito, c'est parfait ! Mon père, dans son costume de chauffeur, vient d'aller le chercher au poste de police. Il s'assied certainement dans une limousine pour la première fois. Il bombe le torse comme pour se donner l'attitude d'un homme important. Nous roulons en direction du centre-ville. L'inspecteur tâte le cuir du siège et observe tous les recoins de notre luxueux véhicule.

— Sapristi de belle voiture que vous avez là. Le grand luxe. J'aime ça, affirme-t-il d'un ton faussement bourgeois.

— Quand mon père l'a achetée, la carrosserie rouillait de partout et les sièges étaient troués. C'est lui qui l'a remise à neuf.

Lampron semble plongé dans ses pensées.

— Mmm, doit coûter pas mal cher.

Mon père, qui écoute d'une oreille, intervient.

— Pas tant que ça. Je l'ai reconstruite avec des pièces de récupération. Vous n'imaginez pas tout ce que les gens peuvent jeter de nos jours.

— Vous êtes bon dans l'art du déguisement, Sidney. Beaucoup de goût !

— Je me débrouille.

Lampron a l'air de sortir de sa bulle.

— Et ça fait longtemps que vous vous débrouillez ?

— Quelques années.

— Des clients importants, ça va de soi ! juge l'inspecteur en contemplant le mini-bar et la boîte à cigares. Il attrape un gros havane.

— C'est compris dans le prix ? demande-t-il à mon père.

— Allez-y.

Je trouve que cette conversation tourne à l'interrogatoire. J'aimerais en savoir un peu plus sur cet inspecteur.

— Monsieur Lampron, vous prenez un congé, n'est-ce pas ?

L'inspecteur se tourne vers moi comme s'il venait de remarquer ma présence.

— Oui, en effet.

Il tire une grosse bouffée en allumant le cigare et manque de s'étouffer. Il n'est visiblement pas habitué à ça.

— Il arrive un moment dans une carrière où on a envie de prévoir l'avenir, de préparer son plan de retraite. La Sûreté du Québec ne me donne pas beaucoup de temps pour faire ça. Alors, je passe par vous afin de m'octroyer un peu de temps libre et de discuter avec des amis de nos futures croisières de retraités.

— Vous menez une enquête sur nous ?

Lampron esquisse un petit sourire.

— J'ai des méthodes plus subtiles quand il s'agit de mener une enquête. Désolé pour les questions, déformation professionnelle.

Je ne souris pas, je le fixe. Je le sens un peu mal à l'aise. Il regarde ailleurs.

— Vous payerez ?

— Bien sûr que je payerai, s'emporte-t-il en reboutonnant son veston pour se donner une contenance. J'ai les moyens de m'offrir ce service, mademoiselle !

Il reprend ses allures de bourgeois.

— Lucie, calme-toi un peu, rétorque mon père. J'ai déjà reçu l'avance sur le paiement. Tout va bien.

Je m'adoucis et attrape mon sac. Lampron pose un regard dédaigneux sur l'objet. Il faut dire que mon vieux sac en *patchwork* tout décousu aux couleurs criardes détonne un peu sur le cuir des sièges de la limousine. Ma mère me l'a donné en me confiant qu'elle l'avait cousu elle-même et que c'était pour cela que les couleurs étaient si peu harmonieuses. Les coutures étaient tellement mal faites que c'est grâce à ce sac que j'ai appris à coudre. Encore maintenant, je le raccommode de temps en temps, mais je ne m'en sépare jamais.

Je sors mon ordi et mes téléphones.

— Si vous le désirez, je peux prendre les appels qui vous seront destinés durant votre séjour et faire croire que vous assistez à une réunion. Je peux aussi enregistrer des extraits de votre voix et les utiliser pour répondre à votre place.

— Pas nécessaire, je répondrai moi-même aux appels. J'ai beau me rendre à un prétendu colloque, on doit pouvoir me joindre dans un cas de force majeure. Comprenez que ma présence est souvent indispensable...

— Je peux aussi rédiger un faux compte rendu du colloque, si vous le désirez. Certains clients trouvent que cela paraît plus crédible auprès de leurs collègues quand ils retournent au travail.

— Je n'ai pas de comptes à rendre à mes collègues, de jeunes amateurs sortis tout droit de l'école de police. Il me fallait juste une convocation pour justifier mon absence. C'est votre œuvre, cette lettre ? demande-t-il en me montrant le document qu'il sort de sa poche.

— Oui.

— Bien des faussaires n'ont pas votre talent.

— Je ne fais pas de faux billets.

L'inspecteur sourit.

Nous arrivons dans l'entrée de l'hôtel Ritz-Carlton. Un portier vient ouvrir la porte du passager. Lampron sort de la voiture, fier comme un coq. Il se retourne vers moi.

— Ne soyez pas inquiète, Lucie, quand on me donne un coup de main, je suis reconnaissant. Tant que nous pouvons faire affaire ensemble, je n'ai aucune raison d'enquêter sur votre petit trafic.

Pourquoi m'a-t-il dit ça? Serait-ce une menace déguisée?

# Chapitre 5

Natacha et moi arrivons toujours les dernières en classe.
Pas moyen de décoller de nos casiers. C'est notre quartier
général. Disons qu'avec les portes des casiers ouvertes entre
nous quand nous discutons, j'ai plutôt l'impression de parler
dans un confessionnal. De l'autre côté de la porte, j'entends
Natacha pester contre son cadenas.

— Ils m'exaspèrent, ces cadenas. Chaque année, par sécurité, mes parents veulent que j'en achète un neuf et chaque
année, j'oublie ma combinaison. Sept, deux, ... et trois ?
Non, ça ne marche pas. Sept, deux, ... quatre ? Zut.

— Pourquoi t'en prends pas un avec une clé ?

— Chut !

Je referme ma porte et découvre Natacha, l'oreille collée
à son cadenas. Elle fait tourner doucement la roulette.

— Je vais l'avoir.

Clic ! Le cadenas a lâché prise.

— Et voilà le travail ! Sept, deux, cinq. À force d'acheter toujours la même marque de cadenas, on finit par connaître leur point faible... Sont très bruyants.

— Alors là, tu m'étonnes !

— Oui, ben, quand on n'a pas la mémoire des chiffres !

Natacha remplit son sac en cuir, puis nous nous dirigeons vers la classe d'anglais.

— Alors, tu t'es décidée, pour le souper ? Dis oui, dis oui, dis oui...

— Je sais pas. Pourquoi vous allez dans un resto aussi chic, une pizzeria, ça fait pas ?

— Pour la sélection, tu demanderas aux autres filles. Ces demoiselles ne mangent pas n'importe quoi ! Je nous imagine mal aller grignoter du poulet frit.

— Des snobs !

— C'est bien pour ça que je veux que tu viennes. J'ai pas envie de discuter magasinage toute la soirée. Et puis, t'as beau les traiter de snobs, tu es la seule qu'on emmène à l'école en limousine.

— Mon père tient un service de limousine, on n'a pas d'autre voiture. Et alors ?

— Alors rien, je dis seulement que si tu viens pas, tu vas faire jaser.

— Ce sera pas la première fois. Je survivrai encore cette fois-ci.

Il n'y a que quelques élèves de notre classe à cet examen, puisque le cours d'anglais enrichi est un cours optionnel.

Nous entrons discrètement pendant que madame Douville nage dans la pile de papiers et de classeurs qui encombrent son bureau.

— Il s'agit bien de la troisième année ?

— Deuxième, madame, crie Steve du fond de la classe.

— Ah, zut, je n'ai pas les bonnes copies.

Et la voilà qui disparaît dans son armoire dont le contenu manque presque de l'ensevelir vivante. Elle revient avec les examens, qu'elle nous distribue. Les questions ne m'ont pas l'air trop difficiles. La soirée d'hier a été calme, j'ai eu tout le temps de réviser. Mon père sortait avec des amis, c'est la première fois que ça lui arrive depuis longtemps. Tant mieux, ça lui permet de voir des gens.

Madame Douville se réinstalle à son bureau.

— Vous pouvez commencer. Vous avez une heure !

Protestation générale dans toute la classe. Steve devient notre porte-parole.

— Madame, d'après notre calendrier, on prévoyait deux heures d'examen.

Étonnement de notre prof ; elle fouille dans ses papiers et en ressort un restant de calendrier d'examen.

— Ah ! oui, excusez-moi, vous avez raison. Deux heures. Commencez, je prends les présences. Lucie ?

— Oui, je suis là !

— Steve ?

— Au fond !

— Natacha ?

— Présente !

Puis, les autres noms défilent sans que nous y portions la moindre attention. Nous sommes déjà penchés sur nos copies.

— Gabriel ?

— Présent.

— Alain ?

— Oui.

— Kevin ?

— ...

— Kevin ?

Là, subitement, je prends conscience que, depuis mon arrivée ce matin, je n'ai aperçu Kevin nulle part. Ni dans la cour ni aux casiers. Je me retourne pour observer le reste de la classe. Kevin ne s'y trouve pas. La prof me rappelle à l'ordre.

— Lucie, regarde ta feuille, s'il te plaît. C'est un examen.

Je n'arrive plus à réfléchir, ce problème me tracasse. Pourquoi Kevin est-il absent aujourd'hui ? Il n'a pas idée du pétrin dans lequel il peut me mettre. Il a dû rentrer chez lui hier soir. Sans doute est-il malade ; en tout cas, il a forcément trouvé une explication à donner à son père. Ou, plus simplement, il est allé dormir chez un copain et ils n'ont pas entendu le réveil. J'espère que j'ai raison. Natacha, qui a compris mon angoisse, se tourne vers moi.

— Il devait être ici ce matin ?

— Évidemment.

— Tu crois qu'il a eu un problème ?

— J'espère que non. Il va probablement juste arriver en retard.

Nouveau rappel à l'ordre de notre prof.

Après deux heures d'examen, nous sommes toujours sans nouvelles. J'ai fait de mon mieux pour me concentrer.

Natacha et moi dînons à la cafétéria. Depuis ce matin, toute une série d'hypothèses me passent par la tête.

— Tu devrais en parler aux garçons de la classe. S'il est sorti avec des amis, c'est avec eux, me suggère Natacha en grignotant son sandwich.

— T'as raison, on peut essayer, dis-je en me levant.

Natacha a à peine le temps d'avaler sa bouchée.

— Quoi, là maintenant ? On ne peut pas finir de manger en paix...

J'attrape mon plateau et je vais m'installer avec les gars. Natacha me suit, visiblement contrariée. Je sais que la plupart des garçons de notre âge l'exaspèrent, surtout ceux-là. C'est d'ailleurs un syndrome contagieux assez répandu chez les amies de Natacha. Il semble que je sois la seule immunisée. Je ne me gêne pas pour interrompre une discussion passionnée sur les exploits de Steve avec le nouveau jeu vidéo *Cobra Unit*. L'accueil sera bon.

— Eh ! Salut, Lucie. L'as-tu essayé, toi, le nouveau *Cobra Unit* ? m'interroge Steve.

— Non, tu sais bien qu'avec l'ordi que j'ai, je joue toujours à la version deux dimensions de *Pac-Man*.

— On va se faire une soirée jeux en réseau un de ces jours, ce serait *cool* que tu viennes, me propose Gabriel.

Steve se tourne vers Natacha.

— Salut, miss secrétaire de direction!

Natacha ne bronche pas, elle reste concentrée sur sa salade de chou. Je me lance dans mon enquête.

— À propos de soirée, vous êtes sortis avec Kevin, hier soir?

— Personnellement, s'il me dit bonjour, ça tient du miracle, lance Alain.

Gabriel acquiesce.

— Pareil pour moi. J'ai pas beaucoup de contacts avec lui.

— Je l'ai jamais vu traîner avec des gars de la classe, m'explique Steve. Les rares fois où j'ai discuté avec lui, c'est parce qu'il voulait mettre ses notes à jour. Si tu veux mon avis, il sort pas avec des élèves de l'école. Il a pas l'air d'avoir de *chums* dans la classe.

Gabriel sourit.

— Lucie, tu nous cacherais pas des choses?

Là, il s'attendait sans doute à me voir rougir.

— Non, pas du tout. Il devait me rendre de l'argent aujourd'hui. J'espère qu'il a une bonne excuse pour justifier son absence, c'est tout.

— Il a peut-être eu un empêchement ce matin, mais il peut encore arriver dans l'après-midi, quelques élèves de la classe ont un examen pratique en photographie à treize heures.

— Espérons...

# Chapitre 6

— Non, non, Kevin n'aimait pas trop ce cours. Il est venu la première fois, au début de l'année, mais après il a changé de cours optionnel, déclare Audrey, une fille de deuxième qui fait de la photo.

Natacha est restée avec moi à la bibliothèque tout l'après-midi, je l'ai aidée à revoir le cours d'informatique, pour l'examen de demain. Toujours pas la moindre trace de Kevin.

Je regarde mon amie d'un air découragé.

— Fais pas cette tête, il sera là demain. Il est certainement chez lui.

— Mais je peux quand même pas appeler son père pour demander si son fils passait la soirée chez lui, alors que je lui ai dit qu'il faisait du cheval avec nous ! Et s'il n'est pas chez lui, chez qui tu crois que son père va appeler, tantôt, quand Kevin ne rentrera pas à la maison ?

— Sais-tu où il devait sortir, hier soir ?

— Dans un cabaret du centre-ville, le Bavard, je crois. Natacha fait la moue.

— Eurk ! Le genre d'endroit que j'adore !

— Tout le monde n'est pas abonné au théâtre avec une place VIP !

— Et si on allait courageusement prendre un rafraîchissement là-bas ? On pourrait peut-être apprendre quelque chose.

— Bonne idée, je n'y avais pas pensé. On fonce !

▲ ▼ ▲

Il n'y a qu'un café-bistro au coin de Sanguinet et Sainte-Catherine. Difficile de le manquer : l'endroit est pavoisé de petits drapeaux aux couleurs criardes annonçant une marque de bière. Natacha et moi, nous nous asseyons à la terrasse. Même la serveuse qui s'approche a un logo de la bière sur son t-shirt, sur son plateau et sur sa sacoche à monnaie ! Je remarque son air dépité lorsque nous commandons deux Coke. Quand elle arrive avec nos boissons, Natacha la questionne.

— Il y avait une soirée hip-hop, ici, hier soir ?

— Oui, tout à fait. On a eu les Loudness 2.56. Pas mal tripants dans le genre. Tu connais ?

— Pas vraiment, répond-elle en cachant mal son mépris. En fait, on se demandait si un de nos amis avait passé la soirée ici. Peut-être que tu l'as vu ? Il est à peu près de notre taille, avec des cheveux mi-longs blonds, presque dorés, et un pantalon cargo super large...

— Je me souviens pas, il y avait du monde en sapristi ! Stef peut sans doute vous renseigner. Je vais l'appeler.

Stef, c'est forcément le videur de la boîte. Il a le physique d'un frigo de vingt-cinq pieds cubes, avec une tête. Natacha repose sa question.

— S'il a votre âge... n'est pas entré ici hier soir.

— Même s'il paraît plus vieux ?

— Impossible... distribution de bières gratuites, hier soir... pouvais pas laisser entrer des mineurs. Vérifié la plupart des cartes.

Fallait s'y attendre, l'électroménager n'est pas très causant. Je replonge dans ma morosité. Qu'est-ce qu'on fait ? Natacha lit dans mes pensées.

— Écoute, t'as juste à laisser croire qu'il passe encore une soirée chez toi. Avec un peu de chance, demain, il se présentera à l'école et tout rentrera dans l'ordre.

Une pensée me traverse l'esprit.

— S'il a fugué ? Qu'est-ce que je vais faire si Kevin a eu l'idée de fuguer ?

— Tu dramatises, ma vieille ! Faut pas exagérer.

— Je dramatise pas du tout. Il paraît que c'est très fréquent. Il avait peut-être mille et une raisons d'agir ainsi.

— T'auras juste à dire la vérité.

— On va imaginer que je l'ai aidé.

— Bon, d'accord, lance Natacha en sortant son rutilant téléphone, je vais appeler son père. On va savoir s'il est chez lui ou pas ! T'es chanceuse, j'ai déjà rempli le répertoire de mon nouveau portable. J'ai tous les élèves de la classe !

Natacha essaie de mettre son cellulaire en marche. Elle s'y prend à trois fois pour avoir une tonalité. Elle finit par obtenir la communication.

— Oui, bonjour. Je me présente : Natacha. Je suis une élève de la classe de Kevin. Pourrais-je lui parler ?

— ...

— Ah ! Avec Lucie ? Oui, sans doute. J'appellerai chez elle, dans ce cas. Merci. Bonne soirée.

Natacha raccroche. À voir sa tête, je comprends que Kevin n'est pas chez lui.

— Son père suppose qu'il est toujours avec toi, en train de réviser. Il m'a dit qu'il allait t'appeler pour avoir de ses nouvelles.

Je m'exclame, prise au dépourvu.

— Quoi, là maintenant ?

Je me remets tout juste des paroles de mon amie qu'on m'assène le coup de grâce : j'entends un de mes téléphones sonner. Le jaune.

— Bonjour, Lucie. Frank Black. Une élève de ta classe m'a appelé. Elle cherchait Kevin. Il est toujours avec toi, je suppose ?

J'essaye de retrouver mon sang-froid. J'hésite sur la manière d'agir. Kevin me fait confiance. Je peux facilement le couvrir encore quelques heures ; après tout, il me paye pour ça. Ainsi, nous aurons peut-être le temps de le retrouver en espérant qu'il ne soit rien arrivé de grave ! Je tente le coup...

— Oui, bien sûr, nous sommes allés prendre un Coke après l'école. Nous allons réviser le cours d'informatique ensemble.

— Parfait. Pourrais-tu me le passer, j'aimerais lui demander de rentrer tôt.

Kevin doit rentrer ce soir... je peux camoufler son absence jusque-là. J'attrape mon ordi d'une main et le mets en marche sur la table. Il va lui falloir une bonne minute pour démarrer.

— C'est qu'il est aux toilettes...

— Je vais attendre, il faut que je lui parle. Je ne pourrai pas venir le chercher chez toi, il devra prendre le métro.

Parfait, je ne pouvais pas espérer mieux.

— Le voilà qui arrive, un instant...

Je raccorde mon téléphone cellulaire à l'ordinateur. Natacha sourit en me voyant me dépêtrer dans mes fils. J'ouvre le fichier contenant les phrases enregistrées par Kevin. Le dialogue peut commencer.

— *Allo ?*

— Bonjour, fils, la soirée d'hier s'est bien passée ?

Je combine une phrase avec la voix de Kevin.

— *Oui, papa.*

Tout a l'air de fonctionner correctement.

— Et le cheval de ton amie ?

Je sélectionne deux répliques qui conviennent.

— *Bien... Je te raconterai.*

— Comment s'appelle cette jument de Sibérie ?

Zut ! Je n'avais pas prévu ce genre de question. Je clique sur la phrase qui me sort toujours de ce genre de problème.

— *Je t'entends mal, la communication n'est pas très bonne.*

— Pas important. Prends le métro pour rentrer ce soir, je ne peux pas venir te chercher, j'ai un conseil de direction qui risque de durer un peu. Ai-je été assez clair ?

— *Oui... c'est d'accord.*

— Parfait, on se retrouve à la maison.

— *À ce soir.*

Natacha me regarde d'un air bizarre. Je raccroche.

— Qu'est-ce que tu fabriques ?

— J'honore mon contrat jusqu'à ce soir, peut-être qu'on a le temps d'ici là de retrouver Kevin. Sinon, comme il doit rentrer seul chez lui tout à l'heure, ce sera l'occasion pour moi de le faire disparaître officiellement aux yeux de son père.

— Mais si son père avertit la police ?

— Officiellement, Kevin sera avec moi jusqu'à ce soir ; s'il disparaît après, c'est plus mon affaire. J'aurai rien à voir là-dedans.

— En tout cas, on sait qu'il devait venir ici avec des amis et qu'ils n'ont pas pu entrer. Ils sont peut-être allés dans un autre bar du quartier, remarque Natacha.

— Tu veux qu'on fasse le tour des bars ?

Natacha me regarde en grimaçant.

— Ben, on peut toujours essayer !

# Chapitre 7

Jeudi
## Troisième jour

Je n'ai pas bien dormi la nuit dernière ! La soirée avec Natacha s'est soldée par un échec. Nous avons enquêté dans quelques bars, là où on nous laissait entrer. Pour les autres, il a fallu interroger les serveuses qui travaillaient aux terrasses. Pas la moindre trace de Kevin. Au moins, j'aurai réalisé ma part du contrat en le protégeant tout le temps que je pouvais. Si je suis chanceuse, il va rentrer chez lui ce soir.

En revenant à la maison, j'avais les jambes en compote, mes chaussures collaient au plancher tellement elles avaient piétiné la bière répandue sur le sol. Mon père avait laissé un mot pour justifier son absence : il allait être en ville une bonne partie de la journée. Il ne m'a pas précisé pourquoi. Ce n'est pas dans ses habitudes.

Je me suis écrasée devant la petite télé noir et blanc du salon. J'ai regardé un reportage sur les retombées météorologiques d'un ouragan qui a soufflé sur le Brésil il y a deux mois. Ma mère aurait raffolé de ce genre d'émission, elle adorait tout ce qui concerne le climat. Moi, je me suis endormie.

Vers vingt-trois heures, j'ai sursauté au son du téléphone : le père de Kevin, angoissé, n'avait aucune nouvelle de son fils. Sa réaction m'a surprise, comme s'il s'attendait à ce que ça arrive. Je suis de plus en plus convaincue que Kevin a fugué. Il doit y avoir quelque chose qui ne tourne pas rond entre ces deux-là. Comme prévu, son père a l'intention de prendre contact avec la police. Quand ? Je n'en sais rien. Je me sens responsable.

Quand mon père est revenu, je lui ai expliqué toute l'histoire. Ça l'a inquiété que je sois mêlée à ça. Il a réfléchi un bon moment avant de décider que nous irions chez le père de Kevin pour lui raconter la vérité. « Mieux vaut qu'il sache que Kevin n'était pas réellement avec toi ces derniers jours avant que la police s'en mêle », m'a-t-il expliqué.

J'ai une heure de libre avant mon examen de ce matin. Nous sommes en route vers un coin reculé de Westmount. Une lourde pluie s'abat sur le pare-brise. Je suis assise à côté de mon père qui est, tout autant que moi, plongé dans ses pensées. J'essaye de me mettre dans la peau de quelqu'un qui fugue et je me demande où il peut bien aller. Certainement pas dans la famille, on le trouverait tout de suite. Chez des amis ? Il en faut de très bons. Dans la rue ?

C'est souvent là qu'on retrouve les fugueurs. Je ne peux pas comprendre qu'on se sauve de chez soi pour en arriver là...

Tout à coup, des lumières qui clignotent dans le rétroviseur de la limousine m'extirpent de mes rêveries. Mon père se range sur le bord de la route et fait signe au véhicule de police de passer à côté de nous. Rien à faire, la voiture se rapproche un peu plus, la sirène se met en marche. Nous nous regardons. Mon père gare la limousine sur le bas-côté. La voiture de patrouille s'arrête juste derrière nous. Un agent en descend.

— Bonjour, monsieur. Veuillez éteindre le moteur, me donner une pièce d'identité ainsi que les papiers du véhicule, je vous prie.

Mon père s'exécute. L'agent appuie sur l'émetteur radio qui est fixée à sa poitrine. Il regarde attentivement les papiers et fait une vérification d'identité. J'interroge mon père à voix basse.

— Papa, tu roulais trop vite ?

— Ma belle, faire de la vitesse avec une voiture de cette taille dans des rues si étroites, ça n'a rien d'évident.

— Alors quoi, ils veulent déjà nous parler de l'histoire de Kevin ?

— J'espère que non.

— Monsieur Lafortune... et vous devez être Lucie ? demande-t-il en se penchant vers moi. Nous aimerions vous parler. Pouvez-vous m'accompagner dans le véhicule de patrouille ?

Mon père acquiesce. J'attrape mon sac et nous marchons rapidement jusqu'à la voiture.

Dans l'habitacle règne une odeur d'humidité mêlée d'après-rasage. Je devine de quoi on va parler. Le second agent a le profil type du policier québécois : rondouillard (il doit se nourrir de beignes), chauve, portant des lunettes fumées à la mode d'il y a trois ans (même s'il pleut). Le genre qui écoute Bryan Adams à longueur de journée et passe ses fins de semaine à traîner sa femme dans les quincailleries.

— Nous recherchons un adolescent du nom de Kevin Black, reprend le premier en se tournant vers nous. Nous savons que vous avez passé les deux derniers jours en sa compagnie, et ce, jusqu'à hier soir. Tout porte à croire qu'il a été enlevé. Quand vous a-t-il quittés ?

Mon père, visiblement nerveux, a accroché sur le même terme que moi : enlevé.

— Pourquoi pensez-vous qu'il a été enlevé ? s'informe-t-il.

— Je croyais qu'il passait la nuit chez un copain ou, au pire, qu'il avait fait une fugue, dis-je.

Le policier détrempé, celui qui tient toujours nos papiers en main, nous explique :

— C'est effectivement la thèse que nous avons émise, mais au cours d'un long entretien que nous avons eu hier soir, avec son père, celui-ci nous a avoué avoir reçu plusieurs lettres de menace. Vous comprenez, monsieur Black est un homme d'affaires prospère ayant un bon fonds de retraite.

60

Une cible de choix pour quelqu'un qui désire demander une rançon.

— Répondez à ma question, je vous prie, nous rappelle son collègue.

Mon père et moi, nous nous regardons un bref instant. La situation est plus délicate que prévu. Si nous déclarons qu'il n'était pas chez nous, la police va se demander comment son père a pu lui parler hier soir. Et s'ils enquêtent un peu trop sur nous, ils vont mettre à jour notre agence d'alibis. Je suis surprise par la rapidité de réaction de mon père.

— Il nous a quittés vers vingt et une heures trente, je crois, dit-il, sans pouvoir empêcher un petit tic nerveux sur sa joue gauche.

— Où a-t-il dit qu'il allait ? me demande l'agent.

— Il n'a rien dit de spécial, il devait rentrer chez lui.

— Pendant qu'il séjournait chez vous, vous n'avez rien remarqué de particulier ? Une voiture suspecte, des gens qui vous suivaient ?

— Non, rien.

— Vous vous êtes rendus à un manège d'équitation le premier soir. Où se trouve-t-il exactement ?

Zut ! Je l'avais oublié, celui-là. Je ne sais même pas où il y a des centres d'équitation au Québec. Une chance que mon père est là.

— Proche du mont Saint-Hilaire. Je ne connais pas l'adresse par cœur, mais je pourrai vous la faire parvenir, si vous voulez.

— Oui, sans tarder. Merci.

Je suis étonnée par la réaction de mon père. C'est sans doute la nervosité qui le rend si alerte. L'agent se tourne de nouveau vers moi.

— Lucie, sais-tu si quelqu'un cherchait des embêtements à Kevin ? L'as-tu vu en compagnie de gens que tu ne connaissais pas ?

— Non, Kevin est très discret depuis son arrivée à notre école. Mal dans sa peau, je dirais. Pas très causant.

— Mais avec toi ?

— Avec moi, ça va. C'est parce qu'on aime tous les deux les chevaux.

— Croyez-vous que ses ravisseurs aient des contacts dans l'école ? interroge mon père.

— Disons que, pour le moment, tout est possible. Les premières lettres de menace ont été postées quand Kevin a commencé son année à l'école de Lucie. Nous pensons donc qu'il y a probablement un lien.

Le second policier poursuit l'interrogatoire.

— Lucie, Kevin et toi avez pris un verre, hier soir. Où était-ce et qu'avez-vous fait après ?

Je n'aime pas devoir réfléchir si vite. Natacha est meilleure que moi dans ce genre de circonstances. Je ne peux pas dire que j'étais au cabaret rue Sainte-Catherine, ils découvriront vite que Kevin ne nous accompagnait pas. Alors quoi ?.. Encore une fois, mon père me lance une perche.

— Excusez-moi, intervient-il en se tournant vers moi d'un air faussement mécontent. Lucie, je me trompe ou tu m'as dit que vous aviez pris un Coke ensemble à l'école ?

— Mais oui, c'est ça, on a pris un Coke à la machine distributrice. C'est à ce moment-là que le père de Kevin a appelé ! Il a cru qu'on était dans un café ?

Le policier acquiesce.

— Sans doute, répond le policier. Et après, vous êtes rentrés chez toi ?

— Oui, puis on a revu nos notes d'informatique ensemble, on a soupé, on a encore un peu travaillé, puis Kevin a dû partir. Tout simplement.

Le policier se tourne vers mon père.

— Monsieur Lafortune, vous proposez des services de limousine, c'est bien ça ?

— Exact.

— Beaucoup de clients ?

— Suffisamment. Ce sont des clients payants. Le gratin de Montréal finance notre hypothèque. Autant aller chercher l'argent là où il se trouve, n'est-ce pas ? dit-il en essayant de plaisanter.

— Parlons-en ! Vous habitez à Outremont ? Ce n'est pas donné, les maisons dans ce coin-là.

— Mon épouse avait un faible pour ce genre de vieilles maisons de maître.

— Je vois. Apparemment, votre femme a disparu il y a trois ans lors d'un accident dans les eaux territoriales du Groenland ?

— Exact.

— Étonnant qu'il n'y ait eu aucun rapport officiel là-dessus.

— J'ai longtemps essayé d'en savoir plus, mais le personnel de l'ambassade n'est pas très bavard. L'enquête n'est pas terminée.

Je ne comprends pas ce que la disparition de ma mère vient faire dans le débat. Je ne peux pas m'empêcher d'intervenir.

— Ma mère n'a rien à voir là-dedans ! Vous ne devriez pas avoir un mandat pour ce genre d'interrogatoire ? Et nous un avocat ?

L'agent me regarde froidement.

— Simple question de routine, désolé. Personne ne t'oblige à répondre, Lucie.

Le policier jette un œil à sa fiche.

— Sidney, vous avez un parcours assez étonnant : études en théâtre, vous passez ensuite à des cours de maquillage et d'effets spéciaux. Parallèlement, vous travaillez comme acteur dans quelques productions clairsemées au théâtre et à la télévision, et maintenant, vous voilà chauffeur de limousine.

— À la disparition de ma femme, il a fallu trouver des revenus plus importants et plus réguliers que les petits rôles que j'obtenais au théâtre.

— Vous avez eu des démêlés avec la justice il y a plusieurs années. Avez-vous quelque chose à dire à ce sujet ?

Je regarde mon père avec de grands yeux. Son tic de la joue gauche double d'intensité. Il ne m'a jamais parlé de ça !

— Voyons, tout... tout a déjà été dit là-dessus. Nous avons été acquittés, réplique-t-il en ne sachant que faire de ses mains.

Le policier remarque l'attitude de mon père.

— Si cela ne vous dérange pas, je voudrais avoir votre version des faits, demande-t-il poliment.

Moi aussi !

Mon père a subitement l'air découragé. Je ne sais pas ce qu'il s'apprête à dire, mais je comprends qu'il n'avait pas envie que je le sache.

— Quand j'étudiais à l'école de théâtre, un de nos amis a quitté les cours pour travailler dans la banque que son père dirigeait. Le groupe de comédiens que nous formions alors trouvait cette décision ridicule, d'autant que l'ami en question était un bon acteur. Bref, pour essayer de le ramener à la raison, nous avons décidé de lui jouer une courte pièce en un acte. Nous avons simulé un braquage de banque.

— Et ?...

— Eh bien, bafouille-t-il en clignant de la joue, nous nous sommes trompés de banque et ça a été la panique générale.

— Le directeur de la banque a blessé un de vos amis et une cliente a fait un arrêt cardiaque. Ce n'est quand même pas rien !

— Tout le monde s'en est bien sorti.

— Vous avez eu de la chance, le juge a été clément, sans doute parce qu'aucun de vous n'avait d'antécédents judiciaires et qu'il n'y a pas eu de blessé grave. Mais entre nous, si le braquage avait fonctionné, si vous aviez emporté le gros lot... était-ce une autre méthode pour aller chercher l'argent là où il se trouve ?

— Voyons, si nous avions voulu faire un vrai braquage, nous ne l'aurions pas fait avec des armes en plastique comme celles qu'on utilise au cinéma. On jouait la comédie.

Mon attention est détournée de la révélation de mon père par une sonnerie stridente, celle de mon téléphone bleu. La mélodie *La Danse des canards* casse les oreilles de tout le monde. Impossible pour moi de répondre à la femme de Mario pour le moment, je ne peux pas me faire passer pour Lindsey Fisher devant les policiers. Je ferme mon cellulaire. Un des policiers me voit faire.

— Tu ne prends pas tes appels ?

— C'est une amie, elle peut attendre.

L'autre policier regarde son calepin et le referme.

— Bien, nous en savons assez pour l'instant. Merci de nous avoir accordé quelques minutes.

Le premier policier vient nous ouvrir la portière. Il nous tend une carte professionnelle.

— Si jamais vous pensez à quelque chose qui pourrait sembler intéressant... Appelez-nous !

Nous les saluons avant de filer tout droit à la limousine.

Je dévisage mon père.

— Papa, cette histoire de vol de banque ?...

— Une erreur de jeunesse, Lucie. Tu n'étais même pas née.

— Pourquoi tu m'en as jamais parlé ?

— Lucie, on a un problème plus important à régler. Pour nous protéger, je viens de déclarer que Kevin a passé la soirée chez nous. Tu as fait le résumé de ta journée avec lui. Donc, la police croit, pour le moment, qu'il était présent à l'école hier. Or ton professeur et tes amis vont leur dire le contraire.

Zut ! Je n'avais pas pensé à cette évidence.

— Tu crois qu'ils vont venir à l'école ?

— Ça ne fait aucun doute.

# Chapitre 8

J'arrive à l'école en trombe. Je passe la cour en revue pour localiser Natacha. Elle discute avec les filles de ma classe. Je fonce vers elle. Je l'attrape par le bras et l'éloigne du groupe.

— Ouf, contente de te voir, je commençais à en avoir assez du débat sur les avantages et les inconvénients du jeans taille basse !

— Natacha, Kevin... c'est un enlèvement !

Je lui déballe toutes les informations que j'ai : les lettres de menace, la fortune de son père, les policiers qui risquent d'arriver bientôt. Les yeux de mon amie s'écarquillent.

— Mais Lucie, pourquoi vous avez pas dit la vérité à la police ? me demande-t-elle, dépitée.

— Natacha, tu comprends pas ? Si je dis la vérité, la police va se demander comment le père de Kevin a pu parler à son fils le soir même. Je vais devoir leur expliquer mon système électronique. Ça va forcément attirer leur attention. S'ils fouillent un peu trop, les policiers vont découvrir que le travail de mon père consiste à concevoir et à utiliser de faux documents, à agir sous une fausse identité et à fournir des alibis à qui veut bien payer pour! Inutile de t'expliquer les conséquences...

— Wow! On se croirait dans un film!

— Nat, j'ai besoin d'un coup de main, là!

— Tu viens de me dire que les policiers risquent de débarquer ici. Ils vont se rendre compte que Kevin était absent hier et que tu leur as caché cette information.

— Je sais, j'ai dit à mon père que je pouvais compter sur les élèves qui étaient en classe mais...

Natacha, un peu sceptique, cogite.

— Il y a une preuve écrite de l'absence de Kevin : le cahier des présences de la prof.

— Et Kevin n'a pas fait d'examen. Douville risque de se rappeler qu'il était absent, dis-je.

— Attends, attends, tu m'empêches de réfléchir.

Natacha se tient la tête dans les mains.

— Il faudrait modifier le cahier des présences et fournir un examen au nom de Kevin. Avec ça sous les yeux, Douville risque de s'embrouiller et va certainement admettre que Kevin a fait son examen. Enfin, j'espère...

— Mais la prof donne des examens toute la journée, c'est impossible d'entrer dans la classe. Le seul moment où elle quitte son local, c'est sur l'heure du dîner, mais tous les profs ferment leur porte à clé pendant ce temps-là. Ton idée ne peut pas marcher. On n'est pas dans un jeu vidéo!

À peine ai-je dit les deux mots magiques que Steve, Gabriel et Alain apparaissent derrière moi.

— Tu parlais de jeux vidéo avec Natacha, Lucie? Notre petite soirée en réseau intéresse la secrétaire de direction? ironise Gabriel.

Natacha pousse un soupir de désespoir.

— Hé, les gars, pouvez-vous garder un secret? dis-je.

Steve, Gabriel et Alain prennent subitement un air sérieux. Ils se rendent compte que quelque chose ne va pas.

— Tu sais que tu peux compter sur nous, Lucie, m'assure Steve.

Je remarque la réaction de Natacha. Elle est visiblement étonnée par cette attitude plus responsable.

— Me demandez pas pourquoi, mais Kevin aurait dû être là hier. La police risque de le chercher. Si elle débarque ici, il faut lui faire croire qu'il a fait son examen comme nous tous.

— Mais il n'y a pas d'examen au nom de Kevin... rétorque Alain.

— Précisément, ajoute Natacha, et Douville, en voyant son cahier des présences, va se souvenir qu'il était absent. Il faudrait...

— ... modifier son cahier des présences et fournir une copie d'examen au nom de Kevin, conclut Steve.

Natacha fait les yeux ronds. Steve a eu exactement la même idée qu'elle.

— Euh... oui...

Gabriel sort de ses pensées.

— Au fait, Lucie, as-tu finalement essayé le nouveau *Cobra Unit* ?

Je n'ai même pas le temps de répondre que Natacha change d'attitude avec une énergie que je ne lui connaissais pas.

— Bon sang ! vous pouvez pas décrocher une minute de vos idioties ? Lucie a un problème qu'elle aimerait résoudre et vous, vous lui parlez de ces stupides jeux vidéo. Viens, Lucie. La prochaine fois, on s'adressera directement à Super Mario, il doit être équipé d'une intelligence artificielle plus poussée que la leur.

Steve intervient.

— Attends, Nat. Laisse-le finir.

C'est la première fois que j'entends Steve appeler ma copine par son diminutif. Cette stratégie donne un résultat plutôt convaincant.

— Bon, qu'est-ce que tu voulais dire, Gabriel ? interroge Natacha, adoucie.

— *Cobra Unit* est un jeu d'infiltration ; il faut réussir des missions sans être vu. La stratégie la plus efficace consiste à rester dans l'ombre, à éviter les gardes et, s'il n'y a pas d'autres solutions, à créer une diversion.

Steve comprend où Gabriel veut en venir. Personnellement, je ne vois pas trop.

— Absolument! Dans ce jeu-là, la diversion reste la meilleure méthode pour arriver à tes fins. Tu peux soit lancer un objet pour attirer l'attention d'un garde ailleurs, soit déclencher l'alarme pour semer la panique, ou encore actionner un fumigène.

Natacha réagit.

— Les gars, excusez-moi, je suis sûre que Lucie n'a pas apporté ses grenades fumigènes dans son sac!

Steve lui sourit. Une petite étincelle brille dans ses yeux.

— Ah! Ben, zut! Va falloir se rabattre sur une autre solution.

▲ ▼ ▲

L'examen d'informatique est passé à toute vitesse. J'ai eu de la difficulté à me concentrer. Une chance que j'aime ce cours et que je connais la matière sur le bout de mes doigts! Je n'ai pas arrêté de penser au plan de Steve. C'est complètement fou. Je ne suis pas sûre que ça puisse fonctionner, mais on n'a plus vraiment le choix. Tout est en place.

Nous avons terminé notre examen depuis près d'une heure. Nous ne sommes pas censés demeurer dans l'école. Agglutinés dans les toilettes des filles, derrière la porte entrebâillée, on regarde Steve avancer dans le couloir désert.

Soudain, j'ai des sueurs froides, j'entends quelqu'un approcher. Steve l'a remarqué aussi. Je lui fais signe de venir se cacher avec nous. On referme la porte des toilettes derrière lui. Les pas se rapprochent. La poignée de porte tourne.

Quelqu'un veut entrer! Je bondis et flanque mon pied contre la porte pour la bloquer. Je n'arrive pas à la retenir complètement, elle s'entrouvre. Steve profite de l'ouverture et se montre discrètement. Je l'entends chuchoter en se mettant un doigt sur la bouche.

— Occupé...

Ouf! De l'autre côté, l'individu a lâché prise.

— Rien de grave, une petite de première. Elle a été tellement étonnée de me voir là qu'elle ne mettra plus les pieds dans les toilettes des filles avant un moment.

Deuxième essai: Steve est devant le petit boîtier rouge de l'alarme d'incendie. On se regarde. Il nous fait un clin d'œil. C'est parti! Il a tiré le levier. L'alarme résonne dans tout le bâtiment. Steve vient nous rejoindre en courant. Nous nous cloîtrons dans les toilettes.

— Personne t'a vu? interroge Natacha.

— T'inquiète pas.

— Bon, il va falloir quelques minutes pour que le bâtiment soit évacué. Récapitulons le plan, réclame Natacha, enthousiasmée par son rôle de coordonnatrice d'une opération d'infiltration. Dès que l'étage est vide, Steve, tu te postes au fond du couloir près des fenêtres qui donnent sur la cour. De là, tu pourras nous dire ce qui se passe à l'extérieur et quand les pompiers arriveront. Alain, tu te postes entre Steve et la classe de Douville, pour faire le lien avec Gabriel, placé à l'entrée de la classe, qui nous tiendra au courant. Gabriel, t'as entendu?

Gabriel est en train de faire le tour des toilettes comme s'il se baladait dans un musée.

— Wow ! Sont beaucoup mieux que celles des gars.

— Gabriel !

— Oui, oui, ça va, je me poste à l'entrée de la classe de Douville.

— Lucie et moi, nous serons dans la classe pour trafiquer les documents.

Nous entendons les élèves qui sortent et passent dans le couloir pour se regrouper dans la cour.

— Aucun risque qu'on nous cherche, fait remarquer Alain. Depuis le temps que notre examen est terminé !

Le couloir se vide.

Natacha colle son oreille sur la porte.

— C'est bon, je crois qu'on peut y aller.

Steve ouvre la porte et laisse passer Natacha. J'entends un petit « merci » discret. Natacha avance sans bruit dans le couloir.

— La voie est libre, murmure-t-elle.

— Tout le monde en place. On a peut-être cinq minutes avant que les pompiers n'arrivent, estime Steve.

Natacha et moi courons vers le local de Douville. La porte est ouverte. Il n'y a pas un chat dans la classe. Il nous faut une bonne minute pour trouver les copies d'examen d'hier et un exemplaire vierge. Natacha retient tant bien que mal les piles de dossiers qui s'apprêtent à tomber de l'armoire.

— Mon Dieu, comment une enseignante peut-elle supporter un tel désordre ?

Je passe en revue tout ce que j'ai à recopier pour remplir une feuille d'examen au nom de Kevin Black.

— J'espère que je vais avoir assez de temps.

— T'as pas le choix, Lucie. Dans cinq minutes, les pompiers vont venir faire une ronde d'inspection et on devra avoir terminé.

Je m'attelle à la tâche. Natacha se renseigne auprès de Gabriel. Elle me fait signe que tout va bien.

— Les profs vérifient la présence de tous les élèves. Pas de problèmes à signaler. Je vais essayer de trouver le cahier de présences sur le bureau de la prof, m'avise Natacha.

Je griffonne le plus vite possible tout en prenant une écriture qui ne ressemble pas trop à la mienne. Les minutes passent très vite. Du coin de l'œil, je vois Natacha qui fouille les montagnes de papiers, à la limite de l'éboulement, sur le bureau de Douville.

Subitement, Steve me fait sursauter lorsqu'il déboule dans la classe en courant, dérape et manque de s'étaler.

— Pourquoi tu restes pas à ton poste ? le gronde Natacha.

— La fille... La fille qui m'a vu dans les toilettes... Elle a levé la main quand ils prenaient les présences. Je crois qu'elle a dit qu'il restait quelqu'un à cet étage. Le concierge va arriver d'une minute à l'autre.

Je panique.

— Mais j'ai pas fini. Je suis seulement à la moitié !

Natacha reste songeuse un moment. Les deux autres garçons nous ont rejoints.

— On file dans le local du concierge ! ordonne Natacha.

Gabriel n'a pas l'air convaincu.

— Mais il est juste à côté, c'est trop risqué !

— Justement ! Il va vérifier les toilettes, les classes, mais je doute qu'il vérifie son propre local.

— On tente le coup, approuve Steve.

J'attrape les copies dont j'ai besoin et me lance à la course avec les autres.

Nous nous dispersons sous l'établi, dans le placard, derrière le rideau. Je continue tant bien que mal ma transcription. Nous entendons les pas du concierge qui parcourt le couloir. Il ouvre les portes les unes après les autres, vérifie les classes une à une, passe dans les toilettes. Nous l'entendons à côté. Il inspecte la classe d'anglais. La porte se referme. Nous nous figeons sur place. Il continue à avancer. Il n'y a plus qu'une porte dans cette direction : celle derrière laquelle nous nous trouvons. Steve nous regarde, les yeux ronds. Je ne peux plus écrire, je retiens mon souffle. Nous distinguons une ombre sous la porte. La poignée bouge. Un bruit ! Un bruit d'effondrement vient de la classe de Douville. Le concierge repart en courant dans cette direction. Apparemment, il inspecte de nouveau la classe de la prof d'anglais. On l'entend maugréer. Il retourne vers l'escalier. Ouf ! J'ai l'impression qu'un mammouth vient de se relever de ma poitrine.

Je m'exclame :

— J'ai fini ! L'examen est prêt.

Natacha me regarde, déçue.

— Lucie, il y a un détail...

— Quoi encore ? s'impatiente Gabriel.

— Le cahier des présences... Je l'ai pas vu dans la classe de Douville. Elle doit l'avoir apporté avec elle pour prendre les présences dehors.

▲ ▼ ▲

Après avoir replacé la feuille d'examen dans la classe d'anglais, où s'était écroulée une pile de classeurs, nous filons par l'escalier qui donne sur la rue à l'arrière de l'école.

Personne en vue. Nous entendons la sirène des camions de pompiers qui approchent. Nous respirons un grand coup. Les garçons, en nage, s'adossent au mur extérieur. Natacha annonce qu'elle veut profiter du désordre qui règne dans la cour pour mettre la main sur le cahier des présences de notre prof d'anglais. J'essaye de l'en dissuader : elle en a déjà fait assez. Je n'aime pas qu'elle et les garçons prennent tous ces risques pour moi. L'examen suffira sans doute à convaincre madame Douville que Kevin Black était bien à son cours hier matin.

— Il n'y a rien de sûr. Et puis, c'est moi qui t'ai envoyé Kevin. Je suis tout aussi responsable. Alors pour une fois qu'il y a de l'action...

— On ne te laissera pas non plus, Lucie, clament les garçons.

La solidarité de mes amis me touche. Nous nous postons donc, accroupis, près du muret qui entoure la cour de récréation. Le point de vue est intéressant. Les pompiers sont arrivés, plusieurs entrent dans l'établissement pour effectuer une inspection. Steve repère notre prof.

— Là, assise sur un banc, près du surveillant.

— Son cahier doit être dans son sac, à côté d'elle, suppose Natacha.

— Qu'est-ce que...

— Re-bonjour Lucie, fait une voix juste derrière moi. Tu ne devrais pas être dans la cour avec les autres ?

Derrière nous, plantés comme deux poteaux téléphoniques, se trouvent les deux agents de police. Mes amis semblent perdre un peu de leur sang-froid. Plus personne ne parle, excepté moi.

— On a fini notre examen depuis plus d'une heure. On était dans le quartier et on a entendu l'alarme. On voulait voir ce qui se passait.

— Que faisiez-vous à traîner dans la rue ?

— On ne traînait pas, on était chez...

Chez qui, chez quoi ?... Tourne ta langue sept fois dans ta bouche avant de parler, Lucie !

— Chez moi, termine Steve, qui me sort de mon mauvais pas. J'habite pas très loin.

— Et tu t'appelles ?

— Steve Normandin. J'étudie dans la même classe que Lucie. En fait, on est tous dans la classe de Lucie.

— Elle a donc dû vous mettre au courant pour Kevin. Avez-vous remarqué quelque chose de particulier à l'école, ces temps-ci ? Quels rapports avez-vous avec le jeune Black ?

Subitement, tout le monde se met à parler en même temps. Incroyable, l'imagination qu'ils ont pour sortir des banalités que les deux mangeurs de beignes ne digéreront certainement pas !

— Ça va, ça va. En gros, rien de particulier, quoi, résume le chauve.

— Et vous aviez un examen hier, non ?

— Oui, confirme Gabriel en admirant l'arsenal que portent les policiers à la ceinture.

— Kevin a fait l'examen d'anglais avec nous, comme tout le monde, puis il est reparti avec Lucie, je crois. C'est bien ça, Lucie ? me demande Steve.

— Oui, tout à fait.

— Où peut-on trouver votre directeur et le professeur avec qui vous aviez un examen hier ?

— Le directeur s'occupe certainement du service d'incendie. Madame Douville est juste là, on peut vous la présenter, leur propose Natacha.

Dans le dos de tout le monde, je fais comprendre à Natacha que ce n'est vraiment pas une bonne idée. Elle n'a pas l'air de se rendre compte : il faut mettre la main sur le cahier des présences avant la police.

Nous entrons dans la cour, accompagnés des forces de l'ordre. Autant dire que cela produit tout un effet! Madame Douville ne sait pas trop comment se tenir, elle a remarqué qu'on allait droit sur elle. Elle se redresse, se rassied, se redresse, défroisse son chemisier. Les policiers se présentent et demandent à lui parler en privé. Notre prof, intimidée, acquiesce. Le trio se dirige vers le bâtiment principal. Nous les regardons s'éloigner en oubliant presque le cahier. Tout à coup, il me revient à l'esprit. Douville a laissé son sac sur le banc! Je ne l'ai pas vu faire, mais Steve a déjà le cahier entre les mains, le bouchon du stylo entre les dents. Nous restons bouche bée. Il écrit... Une voix autoritaire nous ramène à la réalité.

— Normandin, qu'est-ce que tu fabriques? crie le surveillant qui accourt vers nous.

Steve m'adresse un clin d'œil et remet le cahier dans le sac. Ça a marché. Il a noté la présence de Kevin!

— Depuis quand on fouille dans le sac des enseignants? Tu veux te faire renvoyer? Si tu manques d'argent de poche, essaye une technique plus discrète.

— Je voulais...

Steve est coincé. Notre prof, qui a remarqué entre-temps qu'il lui manquait quelque chose, revient sur ses pas. Les deux policiers la suivent. On ne peut rien faire pour aider notre ami.

— J'étais très impatient d'avoir le résultat de mon examen. J'ai quelques difficultés dans ce cours-là. J'espérais savoir si ça valait la peine de continuer en anglais enrichi. Comme l'occasion se présentait...

Douville, visiblement très sensible au mélodrame, ne semble pas choquée.

— Mon pauvre Steve, je n'ai pas encore eu le temps de corriger quoi que ce soit. Et en plus, tu te trompes de cahier.

Steve prend un air dépité. Il n'est pas mauvais du tout, comme acteur.

— Madame Douville, vous vérifierez le contenu de votre portefeuille. Normandin, tu me suivras chez le directeur dès que ces messieurs de la police auront fini de s'entretenir avec lui. Restez dans la cour jusqu'à nouvel ordre, ordonne le surveillant.

Un des policiers s'approche de moi. Quelque chose semble l'intriguer.

— À propos, Lucie, combien ton père te donne-t-il d'argent de poche ?

— Quoi ? On n'organisait pas un vol en groupe, là !

— Réponds à ma question, s'il te plaît.

Je n'ai pas envie de répondre à sa question. Pas devant mes amis, pas dans la cour de cette école de riches.

— Dis-moi ?

Quinze dollars par mois, quand tout va bien ! Alors que la moyenne, pour les filles de ma classe, doit tourner autour de...

— Cent dollars.

— Par mois ? s'étonne-t-il.

— Oui, minimum !

Son collègue se mêle à la conversation.

— Lucie, ton père a de nombreuses dettes et vous êtes dans le rouge pour l'hypothèque de la maison.

Vas-y, tant qu'à y être : déclare que je dors sur un billard en plein milieu d'un *saloon* ! Tous les regards sont déjà braqués sur moi.

— Même pas vrai. Faudrait vérifier un peu mieux vos sources.

— Nos sources sont tout à fait sûres ; j'ai l'impression que ton père doit avoir du mal à tenir un budget, réplique le chauve.

— Lucie, tu es inscrite à l'école la plus chic d'Outremont, tu t'y fais conduire en limousine et tu reçois plus d'argent de poche que mes trois gars réunis. Il faut beaucoup d'argent pour mener ce train de vie-là. J'ose espérer que ton père n'a pas eu une mauvaise idée pour garnir votre compte en banque.

— Mon père ferait jamais ça ! dis-je en essayant d'effacer immédiatement leur affreuse supposition.

# Chapitre 9

— C'étaient qui, les gens avec qui tu parlais, là-bas ?

Je prends visiblement mon père au dépourvu. Il cligne de la joue gauche comme quand une question le stresse.

— Oh ! Des acteurs d'un théâtre de rue. Comme Kevin a disparu dans les environs, je leur demandais s'ils n'avaient rien vu.

— Et... ?

— Rien, ils ne jouaient pas ici à ce moment-là.

Généralement, mon père est aux petits soins pour moi. Il vient toujours me chercher à l'école quand je le lui demande. Quand j'ai débarqué au point de rendez-vous qu'il m'avait donné sur la rue Sainte-Catherine, il discutait avec des inconnus. Il m'a fait signe de l'attendre à la voiture.

— Pourquoi tu n'es pas venu à l'école ?

— Je te l'ai dit, j'avais des courses à faire en ville, me répond mon père.

— Ça devait être urgent ? D'habitude, tu te libères !

— Lucie, tu ne vas pas encore me faire une scène, tout de même. Il n'y a que quelques stations jusqu'ici. Je n'avais pas envie d'engager la limousine dans le trafic. Raconte-moi plutôt ta journée. Je ne parle pas de l'examen d'informatique. Tu n'as pas eu de problèmes, je suppose ? Dis-moi, la police vous a rendu visite comme prévu ? Ils ont découvert que Kevin était absent hier ?

— Non, non, tout s'est bien passé, la prof n'y a vu que du feu.

— Comment avez-vous fait ?

— Natacha a eu l'idée de falsifier le registre des présences et tout ce qui avait un rapport avec la présence de Kevin hier.

Mon père esquisse un sourire en coin et me fait un gros bisou sur la joue.

— Vous êtes pas mal bons. Ça devrait éloigner les soupçons pour un moment.

— Tu crois qu'on pourrait avoir un problème avec cette histoire ?

— Si la police découvre notre trafic d'alibis... ça va devenir dangereux. Je n'ai pas très envie qu'ils mettent leur nez dans nos affaires. Pas maintenant.

Je sors mon père de ses idées noires.

— Qu'est-ce qu'on fait ici, en plein centre-ville ?

— Ah! J'oubliais. Lampron m'a appelé, il voudrait nous voir. Je ne serais pas étonné qu'il désire prolonger son séjour! On a rendez-vous dans quinze minutes à son hôtel. On marche un peu?

▲ ▼ ▲

Nous arrivons dans le hall d'entrée de l'hôtel Ritz-Carlton. Je remarque la silhouette grise de Lampron derrière un fauteuil victorien, près de la réception. Il nous fait signe de nous asseoir.

— De par mes fonctions, je suis au courant de l'histoire qui vous lie à Frank Black et à son fils. Je ne vous cacherai pas que vous êtes en assez mauvaise posture, déclare Lampron dès notre arrivée.

— Si je comprends bien, nous ne sommes pas là pour prolonger votre alibi mais bien pour subir un interrogatoire! constate mon père en s'asseyant dans la causeuse en face de l'inspecteur.

Lampron, en souriant, dévoile de belles dents jaunies par le tabac. Il s'assied dans le fauteuil le plus richement décoré.

— Pas du tout. Personne ne vous accuse de quoi que ce soit. Vous êtes tout au plus suspects, mais qui ne l'est pas, dans ce genre d'affaire? Par contre, si la police découvre votre petit trafic de faux documents et d'alibis, vous risquez gros.

— Nous savons déjà tout ça, rétorque mon père.

— Pour ne rien vous cacher, j'ai de bons amis dans le gratin montréalais. Frank est de ceux-là, reprend Lampron. Si je fais appel à vous maintenant, c'est parce qu'il a besoin de vos services.

Je ne vois pas où il veut en venir.

— Comment ça ?

Lampron réfléchit comme s'il voulait trouver la meilleure manière de m'expliquer quelque chose. Il se tortille dans son fauteuil, visiblement pas très confortable.

— Lucie, je parie que le nom de New-Tech vous dit quelque chose.

En effet, ce nom ne m'est pas inconnu.

— Oui, il s'agit de la société qui doit lancer le nouveau processeur pour ordinateurs personnels.

— Exactement.

Lampron se tourne vers mon père, plutôt amateur dans ce domaine, pour lui exposer les détails.

— Des années de recherche ont été nécessaires à New-Tech pour mettre au point ce processeur. Ce produit va supplanter tous les ordinateurs qui sont actuellement sur le marché.

— Quel rapport avec nous ? demande mon père.

— Frank Black dirige New-Tech.

Je reste un instant pantoise. Le père de Kevin est le PDG de New-Tech, la boîte informatique la plus en vue en ce moment ? Lampron reprend :

— Les capacités qu'offrent le nouveau processeur et son logiciel d'exploitation vont être dévoilées lors d'une conférence de presse dans trois jours, ici même, à l'hôtel Ritz-Carlton. Frank devra évidemment être présent. Kevin était censé l'être aussi.

Cette dernière phrase me fait sourciller.

— Pourquoi Kevin ? Je vois pas le rapport ?

— Avez-vous déjà écouté Mozart, Lucie ? s'informe l'inspecteur.

Il me fatigue un peu avec toutes ses allusions mystérieuses.

— Je m'y connais pas trop en musique classique.

— Mozart était un génie. Il a écrit sa première symphonie à l'âge de huit ans. À douze ans, il composait son premier opéra. Lorsque Frank, mon ami, a élaboré avec ses associés le concept du nouveau processeur, il a fallu penser à un nouveau système d'exploitation. Plusieurs professionnels s'y sont attelés, mais sans résultats. Contre toute attente, le seul qui soit parvenu à quelque chose d'encourageant se nommait Kevin Black, le fils de Frank.

Là, je me retiens pour ne pas tomber de ma chaise. Kevin est le jeune prodige qui a conçu le programme ? Celui dont on parlait dans l'article que j'ai lu ?

— Vous voulez dire qu'il a développé un programme genre Windows à lui tout seul ? Ça se peut pas !

Lampron se tourne vers mon père comme s'il se servait de mes questions pour l'éclairer.

— Et pourtant... Kevin a imaginé la base du système. Après, plusieurs informaticiens ont concrétisé ses idées. Frank connaissait les aptitudes de Kevin pour l'informatique, mais il n'imaginait pas que son fils avait de telles prédispositions pour la programmation.

— Le premier acte est intéressant, mais je ne vois toujours pas où ça nous mène, souligne mon père.

— Voyez-vous, les cas d'enlèvement sont toujours extrêmement périlleux pour les forces de l'ordre. Les ravisseurs veulent traiter avec Frank Black, pas avec la Sûreté du Québec. Nous préférons ne pas attirer leur attention. L'équipe qui travaille sur cette affaire est très limitée. Seuls deux agents spécialisés sont sur le coup. Pour ma part, comme ma formation en piratage informatique ne m'impose pas un horaire trop chargé, ironise l'inspecteur, je garde un œil sur l'enquête et j'essaye de réconforter Frank. Comprenez qu'il est important de ne pas faire de vagues et surtout de garder les médias en dehors de tout ça.

— Vous craignez que les ravisseurs soient au courant de vos recherches et en fassent subir les conséquences au garçon?

— Ça pourrait arriver, mais ils sont en meilleure position pour demander une rançon si l'enfant reste en bonne santé. Ils ne lui feront rien pour le moment.

— Il y a eu demande de rançon? interroge mon père.

— Oui. Frank Black m'a appelé il y a une heure. Les ravisseurs réclament deux millions. La négociation s'annonce délicate, ils ne nous donnent pas beaucoup de temps.

— Pensez-vous que Black va payer? insiste mon père.

— Nous n'avons encore rien envisagé.

— Alors, pourquoi garder cette enquête si secrète?

— Cet enlèvement arrive à un mauvais moment pour Frank Black. Il vient d'obtenir la garde de son fils après un long procès contre son ex-femme. Si celle-ci apprenait que son fils a disparu, il lui serait plus facile de récupérer la garde de Kevin. Elle n'aurait qu'à mentionner que son père est incapable d'élever l'enfant dans un milieu sécuritaire.

Je suis étonnée.

— La mère de Kevin ignore qu'il a été enlevé ?

— C'est une personne très impulsive qui a mal vécu la séparation avec son fils. Elle a des problèmes d'alcool. Nous craignons sa réaction. Elle pourrait mettre beaucoup de pression sur l'enquête avec l'aide des médias. Autant de tapage risque de faire paniquer les ravisseurs et là, les conditions de détention de Kevin se détérioreraient. Frank n'a pas eu de mal à nous convaincre de tenir l'affaire cachée le plus longtemps possible. Évidemment, nous allons tout mettre en œuvre pour retrouver Kevin avant la conférence, même s'il faut payer la rançon en tout ou en partie.

— Et admettons que vous ne récupérez pas l'enfant à temps ? lance mon père. Sa mère va forcément s'apercevoir qu'il est absent au moment de la présentation du processeur dans les médias.

— C'est là que vous intervenez. Sidney, vous êtes un as du déguisement et votre fille a l'âge et la taille de Kevin.

Je n'en reviens pas !

— Vous voulez que je prenne la place de Kevin ?

— Pas seulement vous, Lucie, votre père jouera à vos côtés. Comprenez que Frank ne peut pas affronter la presse en ce moment. Je le connais suffisamment, il ne tiendra pas le coup. Lui et son fils sont très proches et cette disparition l'affecte énormément.

— Mais on ne connaît rien à ce processeur. D'ailleurs, même s'il est techniquement possible de ressembler à quelqu'un d'autre, je ne peux pas imiter une voix.

— La démonstration technique se fera principalement par vidéo. On vous fournira également un dossier qui vous documentera assez pour que vous puissiez répondre à quelques questions si c'est nécessaire. Il va de soi que le faux Kevin devra éviter de trop parler.

Je ne perds pas une minute : ce genre de contrat s'annonce juteux.

— Ça ne rentre pas vraiment dans les tarifs de nos services habituels.

Lampron regarde mon père en souriant discrètement.

— On peut dire que votre fille a le sens des affaires. En effet, je n'envisage pas un tarif ordinaire pour ce travail, poursuit-il en tentant de s'enfoncer dignement dans son fauteuil. J'ai suggéré vos services à Frank, mais travailler avec des personnes qui sont peut-être en cause dans l'enlèvement de son fils provoque chez lui un peu de réticence.

Je suis choquée.

— C'est ridicule ! Kevin est un copain de classe, on n'a rien à voir là-dedans !

— Mettez-vous à sa place, Lucie. Vous êtes les dernières personnes à avoir été en contact avec son fils et l'activité de votre père n'a rien de vraiment légal. Il y a de quoi douter. En trente-deux ans de carrière, mon instinct ne m'a pas fait défaut ; j'espère ne pas me tromper en vous référant à lui.

Je m'impatiente.

— D'accord, mais qu'est-ce qu'on y gagne ?

— Si ce travail vous intéresse, je peux m'arranger pour éloigner les soupçons qui pèsent sur vous à propos de l'enlèvement et, ainsi, protéger votre agence d'alibis.

Je renchéris.

— Pas très payant, quoi !

— Lucie, tu ne peux pas te taire un peu ? me reproche mon père.

— Mais papa...

— Je ne suis pas un brocanteur, Lucie, reprend Lampron. Mon offre est à prendre ou à laisser. La vie de Kevin n'est pas le seul enjeu, il y a aussi votre situation et celle de votre père, soutient Lampron en se tournant vers lui. Je ne vous apprendrai pas, Sidney, que si la police vous accuse d'usage de faux documents dans le cadre de vos affaires, vous risquez la prison. Pour Lucie, ce sera la famille d'accueil ! Si vous travaillez pour nous, vous travaillerez pour vous !

— Ce n'est plus de la négociation, c'est carrément du chantage ! dis-je, énervée.

— Plutôt un échange de services, rétorque Lampron.

Mon père s'adresse au policier :

— Il va falloir que je prenne l'empreinte du visage de monsieur Black et qu'il me fournisse des photos récentes de Kevin.

— Bien. Selon vos disponibilités, je peux m'arranger pour fixer un rendez-vous à son bureau.

Je me tourne vers mon père.

— Papa, tu es sûr que...

Mon père tend la main à l'inspecteur.

— Vous pouvez dire à monsieur Black que nous acceptons l'entente proposée.

— Nous n'en espérions pas moins, approuve Lampron en refermant sa main sèche sur celle de mon paternel. Nous comptons sur votre discrétion.

J'observe mon père. Il a l'air satisfait.

— Pas de commentaire, Lucie, rétorque-t-il.

Traduction : Mêle-toi de tes affaires !

# Chapitre 10

Nous rentrons chez nous en fin d'après-midi. La lumière commence à baisser. À ma grande surprise, j'aperçois Natacha qui m'attend sur le pas de la porte.

Alors que je sors de la voiture, elle se précipite vers moi avec des yeux qui brillent.

— Lucie, il faut qu'on parle, j'ai du neuf, m'annonce-t-elle.

Je dis à mon père que je m'absente cinq minutes. J'attrape mon sac et tire mon amie vers un parc à un coin de rue de là. J'interroge Natacha.

— Comment ça s'est passé pour Steve après mon départ ? Il a eu des ennuis ?

— Je suis restée avec lui, je voulais tenter une dernière chose à l'école. On est allés voir le directeur ensemble pour lui dire que je cherchais autant que lui à avoir les résultats de mon examen. Je sais pas si c'est ma présence qui a aidé, mais il nous a crus. Il nous a servi un beau sermon puis il nous a laissés partir, me dit-elle en s'asseyant sur un banc.

Je me tourne, étonnée, vers mon amie.

— Nat, essaies-tu de me dire que t'as aidé un gars ?

— Ben, quoi, il nous a donné un sacré coup de main, non ?

— Mais c'est un miracle ! T'es en train de te faire un ami gars ! ! !

— Lucie, tu racontes n'importe quoi ! tranche Natacha d'un air dédaigneux. J'étais à l'école de toute façon, je passais par là...

— Non, non, non, dis-je en rigolant de bon cœur, t'as entamé des négociations de paix, Nat. Ce coup-ci, c'est toi qui vas faire jaser !

— Bon, est-ce que je peux en venir aux faits ? réplique mon amie, bougonneuse.

— OK, vas-y, pourquoi t'es restée à l'école si tard ?

— Pour ceci...

Natacha sort des feuilles imprimées de son sac à main.

— J'ai trouvé ces documents dans le casier de Kevin. Ça va peut-être t'aider.

— T'as forcé son casier ?

— Pas exactement. Il a la même marque de cadenas que moi. Facile à ouvrir. J'ai pensé que ce serait judicieux de mener ma propre enquête avant que la police passe par là.

Je n'en reviens pas.

— Kevin avait gardé plusieurs coupures de journaux dans son casier. Je les ai photographiées avec la caméra de mon nouveau cellulaire, mentionne-t-elle fièrement. J'ai imprimé les textes en rentrant chez moi.

Je lis en diagonale. Toutes les coupures parlent de la même chose. Je m'arrête sur une en particulier ; on peut y voir la photo d'un journaliste qui ressemble à un père Noël.

Il y a quelques années, alors que Black s'apprêtait à monter sa première entreprise, il a été victime d'un vol qui a bien failli le ruiner. Black disposait apparemment d'un gros portefeuille d'actions, de comptes privés bien remplis, dont certains cachés dans des paradis fiscaux, et d'un fonds de retraite imposant. En l'espace d'une journée, tous ses comptes ont été mis à sac. Du jour au lendemain, Black s'est retrouvé sans un sou.

Ce n'est pas tout : les jours suivants, quelqu'un avait fait paraître dans la plupart des quotidiens de Montréal une rumeur selon laquelle Black avait acquis sa fortune grâce à la revente d'un projet du gouvernement classé « top secret ». Des recherches avaient failli déboucher sur un procès, mais un certain Lampron s'était mêlé de l'enquête, qui avait fini en queue de poisson, soi-disant à cause d'un vice de procédure.

Lampron et Black se connaissent depuis un bon moment.

— Tu crois que quelqu'un peut en vouloir autant à Black ? assez pour l'avoir volé, accusé de fraude, assez pour avoir kidnappé son fils ? Faut être pas mal rancunier, tout de même.

— On a soupçonné Arlène Turpin et son équipe d'avoir dévalisé Black en se faisant passer pour des employées de l'homme d'affaires. Comme ça, elle aurait eu facilement accès à toutes les données concernant les comptes en banque, etc. Cela dit, personne n'en a jamais apporté de véritables preuves.

— Arlène qui ?

— Arlène Turpin, tu la connais pas ? C'est la voleuse la plus experte qu'ait connue le Québec, mais bon, elle est en prison depuis plusieurs années pour d'autres délits. Je crois pas qu'il y ait un lien avec notre affaire. Il y a peut-être une autre piste.

Natacha me tend un nouveau document. La copie d'une lettre que la mère de Kevin a écrite à ce dernier.

J'en entreprends la lecture. J'accroche sur un paragraphe : *... ton père est une vipère. Je ne sais pas comment j'ai pu, un jour, tomber amoureuse de cet homme-là. Tu sais, mon chéri, que j'ai fait tout mon possible pour obtenir ta garde, mais cette histoire d'alcool, aussi ridicule soit-elle, m'a mis des bâtons dans les roues. Mes avocats ne peuvent rien faire pour l'instant. Ils cherchent un moyen de te sortir de ses griffes. Je te jure que je ne lâcherai pas prise... Je ferai tout ce qui est en mon pouvoir pour t'enlever à cet homme.*

— Pour moi, il n'y a pas de doute, sa mère l'a enlevé ! assure Natacha.

Je suis songeuse. La solution me paraît trop facile.

— Sa mère aurait fait une demande de rançon ?

— Une demande de rançon ? répète ma compagne.

— Oui. Les ravisseurs demandent deux millions de dollars. Apparemment, il y avait même déjà eu des lettres de menace avant l'enlèvement.

— Pourquoi des lettres de menace avant un enlèvement ? demande Natacha. Tout ça ne me paraît pas très logique...

Natacha remarque que je ne l'écoute plus. Juste en face de moi, marchant dans la rue, je viens d'apercevoir les deux individus qui parlaient avec mon père cet après-midi.

— Lucie... Lucie, tu m'écoutes ? m'interroge Natacha.

— Désolée, il va falloir que je rentre chez moi, dis-je, déconcentrée. Je viens de me rappeler que j'avais promis à mon père de lui donner un coup de main pour préparer le souper.

— Alors, quoi ? Qu'est-ce qu'on fait ?

— Il faut que la police continue de croire à la présence de Kevin à l'école.

— Oh ! Pour ça, tout va bien, notre plan a parfaitement fonctionné, me garantit Natacha.

— Je te laisse. À plus.

Je fausse compagnie à ma camarade et essaye de retrouver la trace des deux individus. Ils ont pris de l'avance. Quand je dépasse l'intersection principale qui sépare le parc de ma maison, je les aperçois sur le seuil de notre porte.

Ils sont en train de discuter avec mon père. Je n'entends pas la conversation. J'essaye de me rapprocher. Je ne veux pas être vue, ni par eux ni par mon père. Les voitures garées le long du trottoir me fournissent un excellent camouflage. J'avance encore un peu. Je me cache à une dizaine de mètres de la porte. Mon père saisit une enveloppe qu'un des individus lui tend. Hélas, la conversation semble se terminer, je ne perçois que la voix de mon père.

— ... je sais, mais je vous avais demandé de ne pas me joindre chez moi et surtout de ne pas venir ici ! Ma fille aurait pu être là !

La porte se referme. Les deux individus s'éloignent.

Depuis que je suis toute petite, mon père m'a fait rencontrer plein de gens du spectacle. Alors pourquoi pas ce duo de comédiens ?

Une seule réponse possible : ces deux-là ne sont pas des acteurs.

# Chapitre 11

## Quatrième jour

Je n'aime pas l'odeur des bureaux. Le vieux papier, les photocopieuses, le café séché au fond des tasses. Tout pour devenir asthmatique. Quand on arrive au siège social de l'entreprise New-Tech, rien de tout ça : ça sent bon, ça sent le propre. Tout est bien rangé partout. C'est un petit bâtiment moderne, de quelques étages, perdu dans le quartier des affaires de Montréal. Il n'y a qu'une voiture dans le stationnement. Étonnant, ce calme, pour un vendredi ! Même pas un portier pour nous accueillir. La porte d'entrée s'est déverrouillée à notre approche. On nous attend. Mon père et moi sommes chargés de matériel de maquillage. Nous longeons des couloirs jusqu'au bureau que nous a indiqué le panneau de l'entrée. De la lumière s'échappe d'une porte entrouverte. Lampron apparaît dans l'entrebâillement et nous fait signe d'approcher.

Frank Black, adossé à une grande fenêtre qui surplombe un autre bâtiment, nous attend les bras croisés. Indiscutablement, il est à sa place en tant que chef d'entreprise. Le costume strict, sombre, il respire la confiance en soi, on le voit à sa posture et à son visage anguleux. De prime abord, il n'a pas les traits de quelqu'un qui vient de perdre son fils et qui aurait passé des nuits blanches à se morfondre. Quelque chose me dit que cette arrogance n'est qu'une apparence ; un homme de sa stature doit camoufler ses sentiments. On ne peut pas demeurer si indifférent quand son enfant se fait enlever... Il nous invite à nous asseoir en nous fixant comme pour deviner nos pensées.

— Monsieur Sidney Lafortune et sa fille Lucie, c'est bien ça ?

J'acquiesce d'un mouvement de tête. Je reconnais la voix de l'homme à qui j'ai parlé quelques fois au téléphone. Il respire calmement, regarde sa montre.

— Vous avez cinq minutes de retard.

Mon père et moi sommes un peu pris au dépourvu.

— Désolé, le trafic, rétorque mon père en s'asseyant.

J'essaye de briser la glace.

— Monsieur Black, je voulais vous dire qu'on est désolés pour ce qui arrive à Kevin. Peu importe ce que vous pensez de nous, je suis contente que vous nous fassiez confiance pour ce travail.

— L'expérience m'a appris à n'avoir confiance qu'en moi-même. Croyez bien que si je pouvais me passer de vos services, je n'hésiterais pas une seconde. L'idée de vous confier les rênes de mon entreprise, même quelques minutes, ne m'enchante pas vraiment.

Black reste de marbre. Il s'assied à son bureau en faisant en sorte de ne pas froisser son costume.

— Comme l'inspecteur Lampron vous l'a expliqué, la présence de Kevin et la mienne seront plus importantes que n'importe quel discours au moment de la conférence de presse. Un montage vidéo de quinze minutes, diffusé sur mon ordinateur, donnera une foule de détails techniques qui devraient documenter suffisamment les journalistes. L'inspecteur Lampron sera sur place. Lui et ses hommes seront chargés du bon déroulement de l'opération. Vous aurez à présenter le projet en quelques mots avant de lancer le film puis de répondre aux éventuelles questions après la séance.

Black tend un dossier à mon père, qui ne semble pas très à l'aise. J'attrape le document et y jette un œil.

— Vous trouverez là-dedans tous les détails au sujet du produit que nous nous apprêtons à mettre en marché. Tâchez de les mémoriser. Vous ne pourrez pas vous permettre d'hésiter pendant la conférence de presse.

— Ne vous inquiétez pas, j'ai l'habitude de mémoriser des textes, précise mon père.

— Si vous étiez si bon, vous feriez du théâtre plutôt que de la contrefaçon, rétorque Black, impatiemment.

Je lève les yeux de ma lecture, regarde mon père puis Black. Ce dernier n'est pas du genre commode. Mon père sourit, mais ça ressemble plutôt à une grimace. Tic de la joue gauche. Pourquoi ai-je l'impression qu'il mijote quelque chose ? Je l'entends presque penser : « Toi, si tu savais... »

— Je ferai du théâtre le jour où les rôles qu'on me proposera seront payants, poursuit-il.

— Monsieur Lafortune a quelques difficultés financières depuis la disparition de son épouse, explique Lampron à Black. Étrange affaire que celle-là, d'ailleurs, n'est-ce pas monsieur Lafortune ?

Mon père semble très contrarié. Lampron reprend.

— Plusieurs ressortissants canadiens disparaissent dans le cercle arctique et personne ne confirme leur décès. Toute une équipe se volatilise sans laisser la moindre trace ! Généralement, on retrouve au moins quelques corps.

Je ne vois pas pourquoi Lampron s'obstine à remuer les souvenirs de mon père. Ça suffit.

— Est-ce qu'on peut passer à autre chose ? On n'est pas venus ici pour discuter de ma mère.

Lampron fait signe à Black de poursuivre.

— Il est primordial que la conférence se déroule comme prévu. Si la mère de Kevin s'aperçoit du subterfuge, je dévoile publiquement votre trafic d'alibis. À vous maintenant de m'expliquer comment vous allez vous y prendre.

Mon père ouvre les mallettes contenant toutes sortes de produits et d'accessoires, qu'il étale sur le bureau. Je lui donne un coup de main.

— La technique est assez simple. Je vais prendre un moule de votre visage. Après avoir protégé vos cheveux, je vais placer sur votre figure une série de fines bandelettes trempées dans du plâtre, jusqu'à le recouvrir complètement.

— Je respire comment, là-dessous ? s'inquiète Black.

— Grâce à deux tubes que je vais placer dans vos narines. C'est un plâtre à prise rapide. Une fois qu'il est sec, je démoule et j'obtiens un négatif de votre visage. Après, il me reste à couler une petite quantité de latex à l'intérieur pour obtenir un masque à votre effigie.

Je me souviens de m'être livrée à ce genre de jeu avec mon père pour l'Halloween. Je n'avais pas vraiment adoré la sensation, mais le résultat avait effrayé toute la rue !

Black sort d'un tiroir une liasse de photos de son fils.

— Et pour Kevin, comment comptez-vous procéder ?

C'est plus délicat. Comme je ne peux pas prendre un moulage de votre fils directement, il va me falloir sculpter son visage. C'est à partir de cette reproduction que je moulerai un négatif en plâtre, comme je vais le faire avec vous, et j'y coulerai du latex pour obtenir le masque. Ensuite, il me restera simplement à l'ajuster au visage de Lucie.

— Bon. J'espère que vous maîtrisez votre technique.

— Si ce n'était pas le cas, je ne prendrais pas le risque d'engager Lucie dans tout ça. Je n'aime pas qu'elle soit mêlée à vos combines.

— Protection paternelle intéressante, remarque Lampron en observant Black.

L'inspecteur se tourne vers mon père.

— Remarquez, vous avez toujours la possibilité de refuser notre échange de services.

— ...

— Ne perdons pas de temps, propose Black, voyant que mon père ne réagit pas à la suggestion de Lampron.

Nous déballons tout le matériel et recouvrons presque intégralement monsieur Black de tabliers et de bâches en plastique. Il n'y a plus que la tête qui dépasse. Mon père lui met un bonnet de bain pour éviter que des cheveux collent au moule, puis enduit les poils du visage d'une graisse spéciale, pour que le plâtre ne fasse pas office de crème épilatoire. Avec de l'eau, je prépare le mélange qui va servir à faire le moule et j'en enduis plusieurs bandelettes de toile fine. Mon père commence à les disposer sur le visage de l'homme d'affaires. Inutile de dire à monsieur Black de ne pas bouger, c'est inné chez lui.

Tout à coup, la sonnerie d'un téléphone cellulaire me fait sursauter. C'est la musique stridente du téléphone bleu : encore la femme de Mario qui essaye de le joindre. Lampron, assis sur un coin du bureau, tire une bouffée de cigarette, la musique aiguë de mon téléphone le dérange. Il voit que j'essaye de trouver une place pour déballer mon ordinateur et me fait signe de sortir de la pièce.

— Il n'y a personne dans le bureau d'à côté, vous y travaillerez plus tranquillement.

Je le remercie d'un signe de tête et attrape mes affaires. Je m'installe à toute vitesse dans le premier bureau que je trouve. Je décroche mon téléphone.

— Hi! Lindsey Fisher speaking, dis-je avec le meilleur accent possible.

J'entends la femme de Mario me répondre dans un anglais approximatif.

— *Hello, I would like to speak with Mario Melançon. He is the artistic co-director.*

Mon ordi s'allume lentement...

— *Oh! Yes, Mario. I think he's with the set designer. I'll try to find him. Wait a minute, please.*

Je mets mon interlocutrice en attente et lance un échantillon de fond sonore. On se croirait sur un plateau de tournage. J'en profite pour passer en revue les dossiers de mon disque dur. J'ai des sueurs froides. Quelque chose cloche. Impossible de trouver le dossier Mario! Il ne me reste qu'un seul échantillon de voix, celui de Kevin. J'étais pourtant sûre de l'emplacement où j'avais fait la sauvegarde. Je ne vois qu'une possibilité : Kevin a dû l'effacer par mégarde lorsqu'il a enregistré le sien.

L'espace d'un instant, je revois la scène, dans la cour. Quelque chose ne tourne pas rond : Kevin ne sait pas comment effectuer une sauvegarde, il ne sait même pas qu'il faut donner un nom au fichier! J'attrape le téléphone bleu.

— *I'm sorry, he's in meeting for several hours...*

Impossible de me concentrer plus longtemps, je raconte n'importe quoi.

— *Could you call back tomorrow?*

— *But, I was not able to talk to him since...*

Je raccroche. C'est tout mélangé dans ma tête. Comment expliquer que Kevin, le concepteur d'un programme d'ordinateur à la fine pointe de la technologie, soit incapable de faire une sauvegarde sur un ordinateur classique ?

Je regarde autour de moi. J'ai très envie de trouver une trace de ce fameux système d'exploitation conçu par Kevin. J'ouvre délicatement le tiroir du bureau. Vide. Qu'à cela ne tienne, j'essaye l'armoire : vide aussi. J'ai certainement échoué dans un bureau inoccupé. Je laisse tout mon matériel là et décide d'aller faire un petit tour dans un autre bureau. Même chose : tiroir vide, armoire vide. La machine à café flambant neuve n'est pas encore branchée. L'envie me démange d'allumer un ordinateur. De toute façon, je me suis suffisamment éloignée du bureau de Black, on ne peut pas m'entendre. J'appuie sur « ON ». Rien. Je vérifie les connexions, tout a l'air normal. J'appuie plus fort, mon doigt traverse la cloison de l'ordi, le bouton tombe à l'intérieur. Cet ordinateur est complètement vide. C'est juste une boîte. J'en essaye un autre, puis un autre. Ils sont tous pareils. Même les écrans sont de vulgaires caisses en plastique vides. J'ai de plus en plus l'impression d'évoluer dans un décor. Je finis par aboutir dans un couloir orné de part et d'autre de reproductions de tableaux et de quelques plantes vertes... en plastique, dans de gros pots. Découpée dans le mur du fond, il y a une massive porte ronde qui ressemble à la porte d'un coffre-fort. Il n'y a pas le moindre bruit, excepté le ronronnement des fluorescents au-dessus de ma tête. J'avance un peu, espérant trouver au détour d'une plante une porte donnant sur un bureau fonctionnel. Rien. À la moitié du couloir, la couleur du mur et du plafond change.

Elle s'éclaircit d'un coup en suivant une ligne droite verticale. Je ne sais pas qui a eu l'idée de cette finition, mais le résultat esthétique est assez douteux. Décidée à poursuivre mes recherches, je passe au-delà.

Tout à coup, ma tête explose. Mes oreilles me font mal. Une sirène stridente résonne dans tout l'étage. Ça hurle de partout. Un « boum ! » sourd masque légèrement les aigus. À l'endroit exact du changement de couleur sur le mur vient de tomber une épaisse cloison en plexiglas. Les mains sur les oreilles, je regarde autour de moi à la recherche d'une sortie. Peine perdue : il y a des murs en béton partout. Le couloir est sans issue. Je m'apprête à donner quelques coups sur la vitre pour qu'on me sorte de là. Je commence à manquer d'air. Je tousse, mes membres s'engourdissent. Deux silhouettes arrivent en courant. Mon père et Black. Si je n'étais pas en train d'étouffer, j'éclaterais sans doute de rire en voyant ce dernier recouvert de toile en plastique et coiffé de son bonnet de bain.

Black cherche quelque chose sous son tablier. Il laisse maladroitement tomber une carte magnétique de sa poche. Mon père la ramasse. Black, visiblement coincé par son accoutrement, fait signe de soulever le cadre accroché au mur. Vite, j'étouffe ! Mon père s'exécute et insère la carte dans un petit boîtier caché derrière le tableau. L'alarme s'arrête, la cloison s'ouvre, je respire. Mon père m'attrape dans ses bras. Les yeux me piquent.

— Ça va, Lucie ? me demande-t-il.

Je hoche la tête en me frottant les yeux.

— Tu n'étais pas censée traîner ici, remarque Black en retirant son bonnet.

— ... cherchais les toilettes, dis-je en reprenant mes esprits.

Lampron nous a rejoints ; il me tend mon sac avec mes affaires et mon ordinateur portable. Black reprend :

— Le système de sécurité se déclenche si on passe cette partie du couloir sans insérer la carte magnétique. Dès qu'il y a un changement de poids sur le plancher, l'alarme se déclenche, les issues se ferment et un gaz paralysant se répand dans le caisson. Tu n'as pas la constitution d'un joueur de football, commente-t-il en me regardant, le gaz aurait pu te laisser de vilaines séquelles.

— Pourquoi tant de sécurité ? interroge mon père en retournant vers le bureau de Black.

— Dissuader l'espionnage industriel. Il n'existe qu'un seul prototype du processeur et un seul plan de conception. Ils se trouvent dans une salle sécurisée, derrière cette porte blindée. Cette protection a permis d'assurer le processeur à sa juste valeur.

Je ne peux pas m'empêcher d'intervenir en passant devant le bureau dans lequel je téléphonais tout à l'heure.

— Et tous ces bureaux vides, c'est aussi pour la sécurité ?

Frank Black s'arrête de marcher. Il me regarde.

— Pardon ?

Je sens que mes joues sont en train de rougir. Tout le monde me fixe. J'essaye de faire mes yeux mitraillettes, mais en vain, c'est enrayé.

— Ben, tout est neuf dans vos bureaux, rien ne fonctionne. Est-ce qu'il y a vraiment quelqu'un qui travaille ici ?

Je vois les traits de Frank Black se durcir, ses sourcils se froncent imperceptiblement. Il se tourne vers mon père.

— Monsieur Lafortune, veuillez expliquer à votre fille que je n'ai pas à vous envoyer un avis écrit pour vous signaler que mon entreprise est en déménagement.

— Lucie, monsieur Black a tout à fait raison. Occupe-toi de tes affaires, me lance furieusement mon père.

— Désolée.

Dans son bureau, Black enlève brutalement le tablier. Il se place devant la fenêtre, les mains derrière le dos. Il ne prononce plus un mot. Nous rangeons notre matériel. Je sens que j'ai gaffé. Mon père emballe le moule de visage.

Lampron nous tend deux costumes sortis de la penderie du bureau.

— Vous porterez ceci à la conférence. Tâchez d'y faire attention.

—Vous pouvez compter sur nous, garantit mon père en tendant la main à Frank Black, qui ne lui rend pas la politesse.

— Ne me poussez pas à regretter mon engagement, glapit-il.

En quittant la pièce, je tente une dernière fois de corriger mes erreurs.

— Je suis vraiment désolée pour mes questions... J'espère que tout va bien aller pour Kevin.

Mon père m'attrape par les épaules.

— Ça va, Lucie, tu en as assez fait.

L'inspecteur Lampron nous escorte jusqu'à la sortie. Je marche tête baissée vers l'ascenseur.

— J'ai été idiote. Monsieur Black subit beaucoup de pression, je réagirais certainement de la même façon dans ce genre de situation. Il doit être plus stressé qu'il n'en a l'air.

Aucune réponse de l'inspecteur. Nous montons dans l'ascenseur.

Au rez-de-chaussée, Lampron s'allume une cigarette.

— De deux choses l'une : soit vous réalisez votre part du marché sans poser de questions et sans mettre votre nez dans les affaires de monsieur Black ; dans ce cas, vraisemblablement, vous vous en sortez à bon compte. Soit vous laissez tomber et vous devenez ainsi les suspects principaux pour l'enlèvement de Kevin. Vous savez ce que cela implique...

Je suis abasourdie par le chantage effronté de Lampron.

— Hé, ça ne faisait pas partie du marché ! Il n'y a aucune preuve.

L'inspecteur sort une disquette de son veston.

— Sachez, Lucie, que quand vous fouinez dans une entreprise, il n'est pas judicieux de laisser votre ordinateur ouvert et accessible à tous. Surtout quand un fichier MP3 au nom de Kevin est affiché à l'écran.

# Chapitre 12

Dans la voiture, mon père faisait une de ces têtes ! Il n'était pas très content de sa fille. À cause de mes bêtises, Lampron a maintenant quelque chose de plus qu'il peut utiliser contre nous : une copie de l'enregistrement de la voix de Kevin. Sans compter que nous n'avons pas fourni aux enquêteurs la preuve que nous étions au manège d'équitation le jour où Kevin était censé loger chez nous. Nous n'avons aucun alibi !

Mon père semble très embarrassé, il n'a vraiment pas envie d'avoir la police sur le dos en ce moment. Il a insisté sur « en ce moment ». Pourquoi ? Je le trouve bizarre. Les rares fois où il m'a fait des cachotteries jusqu'à maintenant, c'était toujours pour me ménager des surprises agréables. Pourtant, cette fois, c'est différent. Comme si quelque chose occupait toute son attention. Pourquoi ne m'a-t-il jamais parlé de ce vol de banque ? Qui sont ces gens qu'il voit en cachette ?

Il me dépose près d'une station de métro en m'intimant l'ordre de rentrer à la maison. Lui a des gens à voir. Encore ! De nouveaux clients, apparemment. Il n'a pas besoin de mes services. La limousine s'éloigne. Je rentre toute seule.

De retour à la maison, je me sens mélancolique. J'aimerais parler à ma mère. Elle me manque. Je m'affaisse sur une chaise de jardin. Je pense souvent à elle quand mon père s'absente. Malgré son travail, je pouvais toujours la déranger si j'avais besoin d'attention. Je regarde mon sac à dos en *patchwork*. Je me souviens du jour où elle me l'a donné. Nous venions de déménager ici. Je l'avais trouvé dans une caisse de déménagement. C'est devenu mon sac doudou.

Il y a un petit mot sur la table. Mon père a écrit : « Pour ton souper de filles de ce soir. » Zut ! J'avais oublié ça. Natacha veut vraiment que je l'accompagne. Je soulève la feuille. Mon père m'a laissé quarante dollars. D'habitude, il n'accepte même pas de mettre une telle somme pour nous deux. Qu'est-ce qui lui prend ?

L'enveloppe ! Quelque chose me dit qu'il y a un rapport avec l'enveloppe qu'il a reçue hier soir. Il faut que je mette la main dessus.

Je jette un œil dans la poubelle, rien du tout. Je fouille dans la cuisine, rien non plus. Je passe au crible le salon, la salle à manger et les autres pièces du rez-de-chaussée. Rien. Dans la chambre de mon père, je retourne les boîtes en carton où il range ses habits. Rien, rien, rien. Je m'assois sur le sol, découragée. Cette enveloppe traîne forcément quelque part. Le bac de recyclage ! Je me précipite dans la cuisine. Je l'ai ! Elle est vide. Quelque chose me dit qu'elle contenait de l'argent. Elle porte une inscription : « Avance pour Tête d'or ».

Je sursaute : quelqu'un frappe à la porte. Je mets l'enveloppe dans ma poche et file jusqu'à l'entrée. Natacha prend une pose top modèle. Accoutrée comme pour aller à un bal de finissants, elle me sort de mon marasme. J'éclate de rire.

— Ben quoi ? C'est pas joli ?

— Tu trouves pas que t'exagères un peu ? C'est juste un souper.

— Mouais, soupire-t-elle en se regardant, je me disais aussi que les paillettes étaient de trop. T'aurais pas un jeans à me prêter ?

— Sûr, entre.

— Dis, tu m'accompagnes, au moins ? me questionne Natacha.

Je repense à l'argent que m'a laissé mon père. Et si c'était de l'argent sale ? J'ai beau me dire que je n'y crois pas, cela ne suffit pas.

— Je sais pas, ça me tente pas trop.

— Oui, je sais, c'est cher. Je peux te prêter un peu d'argent, si tu veux.

— Ce n'est pas ça le problème.

Nous arrivons dans ma chambre. Natacha va s'installer au bar, sa place préférée, pendant que je lui trouve un jeans.

— Alors quoi, Lucie? Encore l'histoire de Kevin?

Je lui tends l'enveloppe et lui explique le comportement inhabituel de mon père : ses cachotteries, ses absences, les gars bizarres qui lui tournent autour, les quarante dollars et même le vol de banque. Natacha pâlit à vue d'œil.

— Nat, est-ce que ça va?

— Les deux policiers qui étaient à l'école, ils sont passés à la maison aujourd'hui. Ils ont dit qu'une partie de la rançon avait été versée, hier, en fin d'après-midi. Il s'agit d'une technique pour appâter le poisson. Les agents m'ont demandé de bien faire attention si j'observais des changements de comportement dans mon entourage.

Je pense aux deux individus qui sont venus à la maison hier soir quand on discutait dans le parc.

— Tu crois que ça a un rapport?

— Je sais pas! « Tête d'or »... Kevin a des cheveux blonds presque dorés! J'espère que c'est seulement une coïncidence.

Les larmes me montent aux yeux.

— Natacha, mon père n'est pas un kidnappeur! Il m'a juste donné quarante dollars pour aller souper avec toi. Ça n'a rien à voir.

Je sens une larme couler sur ma joue.

— Ça va, Lucie?

— Je sais plus... Pourquoi la police est venue chez toi ? Vous aussi, vous êtes suspectés ?

Natacha fait une drôle de tête. J'ai l'impression qu'elle me cache quelque chose.

— Qu'est-ce que tu me dis pas ?

— Eh bien..., bafouille Natacha en me prenant la main. Je sais pas si je dois t'en parler.

— Quoi ?

— Les policiers ont retrouvé l'endroit d'où avaient été postées les lettres anonymes. C'est à deux pas d'ici. Je crois qu'ils vous surveillent de près.

Mes larmes coulent de plus belle. Je me sens perdue.

— Écoute, me chuchote tendrement Natacha, qui voit sa meilleure amie se décomposer, ton père et toi n'avez rien à voir dans cette affaire. On va laisser les policiers faire leur travail, ils arriveront forcément à la même conclusion. Si leurs soupçons étaient justifiés, ils seraient venus vous questionner, non ?

Je repense au contrat qui nous lie à Lampron et à la protection qu'il nous procure. Je hausse les épaules.

Natacha reprend.

— Oublions ce souper de filles. On va manger une poutine puis on sort au ciné toutes les deux. D'accord ?

— Tu détestes la poutine !

Natacha sourit, visiblement prête à de gros efforts.

— Lucie, tu devrais en parler à ton père quand tu rentreras ce soir. C'est mieux que de garder ces suppositions pour toi. Tu me promets ?

— Oui, dis-je en essuyant mes larmes.

Nous attrapons nos vestes et dévalons l'escalier. J'en profite pour remettre l'enveloppe là où je l'ai trouvée.

▲ ▼ ▲

Il fait nuit depuis un bon moment. La séance de cinéma s'est terminée il y a une demi-heure. Natacha et moi arrivons devant chez moi. La limousine est dans l'entrée. Mon amie n'arrête pas de reparler du film. Je sais qu'elle tente de me distraire. Son truc ne fonctionne pas très bien. J'ai passé la soirée à me demander si je n'avais pas trop talonné mon père. Trop parlé d'une nouvelle chambre, trop parlé de mon envie de le voir sur une scène, trop parlé de l'argent qui manque pour tout ça, trop, trop, trop. Je sais qu'il fait de son mieux pour combler le vide qu'a laissé ma mère. Ai-je exagéré?

Nous sommes sur le pas de la porte.

— T'oublies pas ce que tu m'as promis, hein? me rappelle Natacha.

— Oui, je vais lui parler.

— Bon. Et si tu veux qu'on en discute après, tu connais mon numéro. Je vais dormir avec mon cellulaire!

Je franchis le seuil. Je suis tout de suite étonnée de voir plusieurs grosses boîtes qui traînent dans l'entrée. Mon père aurait-il décidé de construire des meubles en carton? Je passe par la cuisine, il ne s'y trouve pas. Personne dans le salon. Je vais vers sa chambre, toujours rien. Je l'appelle.

Ma voix résonne dans la maison. Je l'entends : il est au deuxième. On dirait qu'il est dans ma chambre.

— Lucie ? Déjà rentrée ? Attends un instant.

Je l'entends clouer quelque chose. Pourquoi fait-il des travaux dans la maison à cette heure-ci ? On dirait qu'il déplace des meubles.

— C'est bon, tu peux venir.

J'arrive à l'étage. Toutes les pièces sont vides. La porte de ma chambre est fermée. Je frappe à la porte.

— Ben vas-y, entre, me dit mon père. Qu'est-ce que t'attends ?

J'ouvre la porte. Je dois me retenir à la poignée, mes jambes vont me lâcher. Je viens de mettre les pieds dans la chambre dont j'ai toujours rêvé. Mes yeux font le tour de la pièce remplie de beaux meubles en bois naturel. Il y a un nouveau tapis sur le sol, des rideaux colorés, même une chaîne stéréo, une télé, un lecteur DVD et quelques affiches de chanteurs sur les murs. Mon père trône au milieu de tout ça.

— Surprise !

Je reste muette, les yeux écarquillés. Pas le moindre sourire aux lèvres.

— Quoi, les meubles ne te plaisent pas ? demande mon père.

J'ai beau essayer de me maîtriser, je sens ma gorge se nouer. Je ne sais plus si c'est de rage ou de tristesse. Comment mon père a-t-il pu payer tout ça ? Nous n'avons presque pas de clients en ce moment. J'ai beau me raisonner, je ne vois qu'une possibilité.

— Papa, me dis pas que t'as fait ça... me dis pas que t'es lié à toute cette histoire... Pas toi. La nouvelle chambre, c'était juste un caprice...

— Lucie ?...

Je hausse le ton.

— N'importe quel père normal avec un boulot normal dans une vie normale aurait compris ça. C'est pas parce que maman n'est plus là que tu dois faire tout et n'importe quoi pour combler mes désirs ! C'ÉTAIT UN CAPRICE, TU COMPRENDS ! QU'EST-CE QUI VA ARRIVER MAINTENANT ? J'aurais tellement voulu te voir sur une scène, moi !

Je claque la porte derrière moi. Je tremble de partout. J'essaye désespérément de retenir mes larmes. Je dévale l'escalier, j'attrape mon sac et quitte la maison en trombe. J'ai une bombe qui menace d'éclater dans mon estomac.

Je cours dans les rues du quartier ; j'espère que Natacha ne se couche pas trop tôt. Et puis tant pis, on verra bien. Un tas d'images me traversent l'esprit. Mon père en voleur de banque. Mon père en train d'enlever Kevin, aidé par les deux individus louches. Kevin attaché à une chaise au milieu d'une pièce vide.

Je frappe violemment à la porte en chêne massif de la maison de Natacha. Mon poing me fait mal. Je cogne encore. J'éponge mes larmes. Sa mère ouvre. Elle reste bouche bée en voyant mon état.

— Lucie...

Je passe à côté d'elle, monte les quelques marches menant au premier étage. Natacha est dans la salle de bain, en train de se brosser les dents. Je lui tombe dans les bras, essoufflée. Impossible de retenir quoi que ce soit, je fonds en larmes.

# Chapitre 13

## Cinquième jour

J'ai dormi chez Natacha hier soir. Mon père a téléphoné quelques minutes après mon arrivée pour dire qu'il viendrait me chercher ce matin. La mère de Natacha, qui a cru à une chicane ordinaire entre un père et sa fille, m'a réconfortée tant bien que mal. Elle m'a débité des banalités en me servant un chocolat chaud. C'était gentil. Ma mère aussi me servait des chocolats chauds. Des fois, je me demande comment serait la vie si elle était encore là.

Natacha et moi avons parlé toute la nuit. Je lui ai expliqué pour la nouvelle chambre. Je n'ai plus de doute sur la provenance de l'argent. Mon père était absent le jour de l'enlèvement. Il n'a pas cessé de me faire des cachotteries ces derniers temps et maintenant il y a cette enveloppe. Natacha m'a suggéré d'en parler à la police, mais je ne veux pas dénoncer mon père et me retrouver dans un foyer d'accueil.

De toute manière, pour le moment, nous sommes sous la protection de Lampron. Ça aussi, je l'ai expliqué à mon amie. Elle trouve cela étrange que nous ayons été engagés alors que nous sommes aussi suspects. Pour ma part, je comprends maintenant pourquoi mon père a accepté si vite le contrat. J'ai tellement peur de ce qui va suivre…

Vers huit heures, alors que nous ne dormons que depuis quelques heures, nous sommes réveillées par *La danse des canards*. J'attrape mon téléphone bleu dans mon sac et déclare à la femme de Mario que le tournage de nuit vient de se terminer et que tout le monde dort. Elle aura plus de chance en rappelant demain. Je ne me rendors pas, j'erre dans la maison jusqu'à ce que la limousine fasse son entrée dans l'allée.

Une fois montée dans la voiture, je constate que ce n'est pas mon père qui tient le volant. À la place du conducteur est assis l'un des deux individus qui sont venus porter l'enveloppe. L'autre est assis à côté de moi sur la banquette arrière. Je panique.

— Ne t'inquiète pas, Lucie, nous allons rejoindre ton père. Il nous a chargés de venir te chercher ici, annonce celui qui tient le volant.

— Qui êtes-vous ? Où est mon père ?

Le deuxième me tend la main.

— Salut, Lucie. Enchanté de faire ta connaissance. Moi, c'est Daniel. On travaille tous les deux avec Sidney.

J'enfonce mes mains dans mes poches. Je n'ai pas envie de me lier d'amitié avec ces deux-là.

— Je veux voir mon père.

— C'est précisément ce qui est prévu, assure le conducteur.

Les deux acolytes se regardent. La voiture ne démarre pas. Je m'impatiente.

— Alors?

— C'est délicat... hésite Daniel. Ton père nous a demandé quelque chose de spécial.

Il sort un foulard de sa poche.

— Il voudrait que tu aies les yeux bandés. Il ne veut pas que tu reconnaisses l'endroit.

— Je n'ai pas l'intention de le dénoncer.

— Le dénoncer? interroge Daniel. Non, il voudrait juste préserver la surprise.

La surprise? Quelle surprise? Mon père m'attend certainement là où est enfermé Kevin. Toute une surprise!

— Je n'ai pas le goût d'avoir les yeux bandés!

— C'est qu'on n'a pas vraiment le choix.

Je saisis la poignée de la portière, m'attendant à être retenue de force.

— Et si je n'ai plus envie de voir mon père?

Les deux restent calmes.

— Il paraît que c'est toi qui l'as incité à tout ça, mentionne Daniel. Je crois que ça vaudrait la peine que tu viennes voir ce que ça donne.

Il ne manquait plus que ça! Mon père prétend ouvertement que je suis en partie responsable de l'enlèvement! Ça bouillonne à l'intérieur de moi.

— Ça, c'est la meilleure ! J'ai deux mots à lui dire, à mon père.

On me bande les yeux. Je questionne les deux complices.

— Vous m'emmenez voir Tête d'or, c'est ça ?

À les entendre, je crois qu'ils sont étonnés.

— Comment sais-tu ça ? demande Daniel, énervé. Sidney nous a dit que tu ne te doutais de rien.

Ils discutent entre eux.

— Daniel, dit le conducteur, ce serait peut-être mieux de lui enlever le bandeau si elle sait déjà.

— Écoute, Sidney a bien insisté, je préfère le laisser.

Quel genre de criminels sont-ils ? On dirait des charlots. Ce n'est pas avec ces deux guignols que mon père pourra affronter des hommes comme Lampron et Black. Tout ça ne présage rien de bon.

▲ ▼ ▲

Je sens la route défiler sous la grosse limousine. Je ne dois pas deviner où nous nous rendons. Nous avons certainement traversé plusieurs quartiers de la ville. J'entends une circulation plus dense, nous nous approchons du centre.

On m'a bandé les yeux. Deux individus que je ne connais pas me conduisent à mon père, réfugié quelque part à Montréal. Je n'arrête pas de me répéter ces phrases. Mon père ne veut pas que je sache où il se cache. Mon père est un criminel. J'ai beau me rappeler les événements, j'ai encore du mal à y croire. C'est une histoire de fou.

Je sors de mes pensées quand la limousine saute comme si nous passions sur un trottoir. Petit arrêt. La voiture s'ébranle de nouveau puis amorce une descente. Le son du moteur a changé. Je crois que nous sommes dans un stationnement souterrain. Nous nous arrêtons. Le moteur s'est coupé. Le passager me prend le poignet.

— Viens, Lucie, je vais te guider.

— Je peux enlever le bandeau ? dis-je en tripotant le nœud.

Daniel intercepte mon mouvement.

— Pas encore. Ton père a bien précisé de te le laisser jusqu'à ce que nous soyons rendus.

Nous marchons sur un sol dur. Nos pas résonnent. Nous franchissons une porte, puis une autre. Il faut monter des escaliers. Beaucoup d'escaliers. Un immeuble ? Nous passons encore une porte. J'entends des gens au loin. Ils se rapprochent, nous les croisons. Ils rigolent. De mon accoutrement, sans doute. Nous sommes dans un couloir. Un hôtel ? Une autre porte. Nous marchons maintenant sur du tapis. D'autres escaliers. Encore une porte. On m'assoit dans un fauteuil. L'acoustique a encore changé. Où suis-je ? On m'enlève le bandeau. Daniel chuchote. J'ai du mal à distinguer sa voix. Tout est noir autour de moi.

— Je te laisse ici. On se retrouvera tout à l'heure.

J'essaye de forcer mes yeux pour qu'ils s'habituent à l'obscurité. C'est flou. Il y a un autre siège devant moi.

Je distingue un petit peu de lumière tout au fond. L'espace où je suis est vraiment très grand. D'autres sièges à côté de moi. Une voix résonne faiblement au loin.

— On reprend... essais... mise en scène... deuxième partie, Tête d'or aperçoit Cébès... veilleurs qui interviennent plus tard... quittez la scène, s'il vous plaît.

Je me frotte les yeux. Je ne comprends pas. Où est Kevin? Je regarde autour de moi : je suis assise au beau milieu d'une salle de spectacle vide. Je reconnais cet endroit, ces grands balcons incurvés. Je suis dans la salle du théâtre Maisonneuve de la Place des Arts. Je me retourne vers la scène éclairée. Quelqu'un parle.

— *Est-ce que tu ne dors point non plus, enfant?*

— *Je ne dors point.*

— *N'as-tu point soif? Est-ce que tu ne veux pas boire un peu?*

— Pardonnez–moi, Sire. Je ne...

Je distingue des comédiens sur scène. Ils répètent une pièce de théâtre. Je reconnais une voix. Je réfléchis à toute vitesse. Mise en scène, inciter mon père, avance pour Tête d'or... C'est la voix de mon père! Il est sur scène. Je me rends compte de mon erreur. Mon père n'a enlevé personne : il a été engagé pour une pièce de théâtre! Je me lève pour mieux voir. Ouiiiiii! Je l'entends répéter.

— *Est-ce qu'il y a encore un Sire? Ne m'appelle point...*[1]

Je ne peux pas m'en empêcher, je suis tellement contente, je quitte ma place et cours vers la scène. Je passe à côté de

_____

1. CLAUDEL, Paul. *Tête d'or (seconde version)*, Paris, Mercure de France, 1959, p. 192.

l'équipe technique qui occupe une rangée de sièges. Ils sont étonnés de me voir débarquer de nulle part à cette allure-là. J'arrive devant la scène. Je prends appui sur un fauteuil du premier rang pour me hisser sur les planches. En me voyant, mon père interrompt sa prestation. Il a un sourire jusqu'aux oreilles. Je lui saute dans les bras. Mes yeux s'embuent. J'ai tellement honte d'avoir douté de lui. Il me donne un gros bec sur la joue. J'arrive tout juste à articuler quelques mots.

— J'ai cru que tu...

— Je sais, je l'ai compris hier soir. Je n'aurais pas dû faire tant de mystère, mais je tenais à ce que tu aies la surprise.

— Comment t'as eu ce rôle ?

— Je suis venu passer l'audition il y a quelques jours, tu ne te souviens pas ?

— Tu l'avais ratée.

— C'est ce que je t'ai dit. Je voulais t'emmener ici le jour de la première sans que tu te doutes de quoi que ce soit. Vu ta réaction d'hier, j'ai jugé bon de devancer l'annonce. Désolé si mes cachotteries t'ont fait croire autre chose.

— Alors, tu vas jouer dans une pièce ?

— Oui, clame mon père, tout fier, le premier rôle !

Je suis si heureuse que je tourbillonne, je saute de joie. Les lattes du plancher résonnent dans toute la salle. Je m'interromps en remarquant que les autres personnes qui sont sur la scène m'applaudissent. Ma bouffée de bonheur me les avait fait oublier. Le sang afflue vers mes joues et mes oreilles. Je prends la couleur d'une tomate bien mûre.

Mon père éclate de rire. Je salue la foule en délire comme une grande actrice et file me rasseoir à ma place pour voir la suite de la répétition.

J'observe mon père qui pratique son rôle, qui cherche avec le metteur en scène les positions exactes qu'il lui faudra prendre, les déplacements des acteurs en fonction de la lumière, le rapport avec le décor, le travail du régisseur de plateau et des accessoiristes. Au bout d'un moment, mes paupières s'alourdissent, la nuit passée n'a pas été très reposante. Le son feutré de la salle et l'obscurité ambiante me font sombrer dans un sommeil profond.

# Chapitre 14

Dès que nous arrivons à la maison au début de l'après-midi, j'appelle Natacha. J'ai une tonne de choses à lui raconter. Elle débarque chez moi dans les dix minutes qui suivent mon appel. Mon amie est contente de me voir si ragaillardie. Nous prenons une partie de l'après-midi pour ranger toutes mes choses dans ma nouvelle chambre. Je n'arrête pas de parler. Je lui explique le théâtre, la surprise avec les yeux bandés. Nous nous écroulons, fatiguées, sur mon nouveau lit.

Le téléphone de la maison sonne. Comme mon père travaille dans la cave sur le masque de Black, il n'entend rien. Je décroche.

— Bonjour, es-tu Lucie?

Je ne reconnais pas cette voix féminine.

— Euh… oui. C'est pour un sondage?

Mon interlocutrice se met à rire.

— Non, non, je suis la maman de Kevin, un des garçons de ta classe.

Je suis surprise. Je fais signe à Natacha de se rapprocher du combiné. Elle colle son oreille dessus.

— Oui, je vois... bonjour.

— Écoute, c'est un peu spécial, j'ai un message pour toi de la part de mon fils. Il désire que je te le remette aujourd'hui, en main propre. Peux-tu venir le chercher chez moi?

— Euh... oui...

— Voici mon adresse : 630, rue Château Duc-de-Castille, à Brossard.

— Avec un nom pareil, c'est la banlieue, marmonne mon amie.

— Je serai là dans une heure.

— Kevin demande que tu viennes avec ton amie Natacha.

Natacha hausse les épaules.

— Je devrais pouvoir arranger ça.

— Parfait, je vous attends.

Je repose le combiné et me tourne vers ma compagne, les yeux ronds.

— C'est quoi, cette histoire?

— Je l'ignore, ma vieille, mais c'est l'occasion d'en savoir plus sur la famille de Kevin, réplique ma meilleure amie.

— Nat, tu m'accompagnes à Brossard? T'es sûre?

— Après les bars, les maisons en plastique et en agrégat !
En route pour les quartiers de rêve !

▲ ▼ ▲

L'été, à la campagne, on crée des labyrinthes dans les champs
de blé d'Inde. Dans la banlieue de Montréal, on construit
la même chose, mais en béton. Des rues à n'en plus finir,
cloisonnées de part et d'autre de maisons toutes identiques.
Un vrai casse-tête pour s'y retrouver. À voir la grimace que
fait Natacha en descendant du bus, elle n'apprécie pas trop
la balade.

— Beurk ! C'est singulier, tout de même. On dirait des
maisons Fisher Price !

— On arrive, dis-je en surveillant les numéros.

La maison est bien ordinaire. Je me serais attendue à
quelque chose de plus impressionnant pour l'ex-épouse de
Frank Black.

Je frappe à la porte. Une jolie dame aux longs cheveux
bouclés vient nous ouvrir. Aucun doute : d'après la blon-
deur de ses cheveux, il s'agit bien de la mère de Kevin.

— Bonjour, nous sommes les amies de Kevin.

— Ah, Lucie et Natacha. Entrez, les filles.

Elle nous ouvre toute grande la porte et nous invite à
nous installer dans les gros canapés du salon. Après un petit
détour par la cuisine, la mère de Kevin rapporte deux verres
de jus et un petit verre d'alcool. Il y a plusieurs photos d'elle

et de son fils sur le foyer. Certaines ont été découpées. Il y manque une personne, Black, sans doute.

— Je suis un peu gênée de vous avoir fait venir jusqu'ici chercher un bout de papier, mais mon fils insistait tellement. Depuis que mon mari a obtenu la garde de Kevin, je n'ai plus droit à beaucoup de visites, alors j'ai tendance à lui passer certains de ses caprices.

La mère de Kevin fait tourner son petit verre dans sa main.

— Quelques heures par mois, c'est tout ce que j'ai pu grappiller. Pour profiter pleinement des heures qu'on m'accordait avec lui, j'ai dû quitter Rougemont et m'installer ici, dit-elle en avalant une gorgée de sa liqueur. Frank ne paye rien pour attendre, je n'ai pas l'intention de me laisser marcher sur les pieds.

— Kevin n'a pas eu son mot à dire pour les heures de visite ? questionne Natacha.

— Pas vraiment. Frank a monté une véritable machination afin de me faire passer pour une malade auprès des juges. Tout cela pour me prendre Kevin. Vous savez, mon fils est un brave gars, mais il est assez timide et s'écrase vite sous l'autorité. Particulièrement celle de son père. Il n'aurait jamais osé dire un mot contre lui au tribunal.

J'interromps la dame. Un détail me turlupine depuis que nous sommes parties de chez nous.

— Quand vous a-t-il demandé de me remettre ce message ?

— Je le vois aux deux semaines. Nous en profitons pour aller faire des activités à l'extérieur. Kevin aime beaucoup la nature, les chevaux. Il n'est pas du genre à rester accroché à un Gameboy. À Rougemont, il vivait littéralement dehors. Maintenant qu'il habite en ville, je ne sais pas à quoi il passe ses soirées. Je souhaite qu'il puisse se reconstituer un cercle d'amis, mais ça va certainement lui prendre plus de temps qu'à un autre. Déjà à Rougemont, il n'avait que quelques copains de classe. Des connaissances, sans plus.

— Mais il aime l'informatique, non? Il en fait beaucoup? interroge Natacha.

— De l'informatique? À ma connaissance, ouvrir un courriel, ce n'est déjà pas une sinécure pour lui…

Je regarde Natacha; cette histoire devient de plus en plus étrange.

— Quel jour vous a-t-il donné le message? dis-je en détachant bien chaque mot.

— C'est précisément ce qui m'a étonnée. Je ne devais pas le voir cette semaine, mais il est passé mardi en fin de journée pour m'apporter ce message à vous remettre aujourd'hui. Mon fils n'est pas du genre à braver les interdits qu'on lui impose. J'ai supposé que ça devait être important.

Plusieurs secondes s'écoulent sans que Natacha ou moi disions quoi que ce soit. Nous ne sommes pas sûres d'avoir bien compris. Nous demandons en même temps :

— Kevin était ici mardi soir?

— Oui, mais il n'est pas resté longtemps, il ne devait pas venir ici cette semaine. Je lui ai d'ailleurs suggéré de faire sa commission lui-même, mais, apparemment, c'est pour une sorte de jeu de rôle organisé à l'école, n'est-ce pas?…

Natacha me souffle à l'oreille :

— Mardi, c'est le jour où il devait aller à la soirée hip-hop ! Le jour où tu étais censée couvrir sa sortie par votre soirée d'équitation !

— Un jeu de rôle ? dis-je en dévisageant la mère de Kevin.

— Mais oui, intervient Natacha en me donnant un coup de coude, l'expérience « Se débrouiller sans les moyens de communication moderne ».

Je fais semblant de me rappeler.

— Oui, bien sûr, j'étais dans la lune !

— Pouvons-nous voir le message ?

— Évidemment !

La dame sort une enveloppe beige. Exactement le même modèle que celle dans laquelle Kevin m'avait payé l'avance. Je l'ouvre. J'y découvre trente-cinq dollars, la seconde moitié de la somme que Kevin me devait. Il y a aussi un petit mot : « N'oublie pas, tu as promis de m'aider jusqu'au bout. Hôtel Ritz-Carlton, chambre 304. Kevin. »

J'entends presque Natacha cogiter. Je n'y comprends rien.

Je questionne la mère de Kevin.

— Il n'a rien dit de particulier ?

— Juste qu'il espérait que Natacha fasse partie de l'équipe.

— Ben, maintenant je n'ai plus le choix ! s'esclaffe Nat d'un rire qui sonne faux.

— Y a-t-il un problème avec mon fils? demande la dame d'un air suspicieux. J'ai l'impression que vous ne me dites pas tout. Que contient cette lettre?

— Oh! euh... des coordonnées pour le prochain message, prétend Natacha.

La mère de Kevin fronce les sourcils.

— Les filles, je connais mon fils, il respecte les règles imposées par le juge. Il ne serait jamais venu ici pour un simple jeu.

— C'est que l'expérience « Se débrouiller sans les moyens de communication moderne » demande à chaque élève de faire passer un message de main en main comme si son contenu était super important. On nous suggère de ne le donner qu'aux personnes en qui nous avons pleinement confiance. Vous devez compter beaucoup pour Kevin pour que ce soit à vous qu'il l'ait remis.

Je sens que Nat a touché une corde sensible. La mère de Kevin semble toute retournée. J'en profite pour conclure.

— Eh bien, merci beaucoup, madame. C'était très agréable, dis-je en me levant, convaincue qu'il est temps d'évacuer les lieux avant que ça ne se gâte.

— Vous partez déjà!

Natacha la salue à son tour.

— Oui, oui, ce n'est pas le travail qui manque ces temps-ci.

La dame nous raccompagne. Elle nous arrête sur le pas de la porte.

— Dites-moi, les filles, vous ne vous êtes pas approchées de son père, n'est-ce pas ? Ce jeu de message n'a rien à voir avec Frank Black ?

— Son père ? dis-je en faisant l'étonnée. Je ne vois pas le rapport ! C'est un exercice pour l'école.

— Je souhaite que ce soit la vérité, Lucie. Je le souhaite sincèrement...

La porte se referme. Natacha et moi restons figées.

— Qu'est-ce que c'est que cette histoire ? questionne mon amie. Pourquoi Kevin demande-t-il que je sois de la partie ?

Je regarde dans le vague en essayant de regrouper toutes les informations.

Natacha passe sa main devant mon visage pour me sortir de ma torpeur.

— Tu crois vraiment qu'il est à l'hôtel Ritz-Carlton ?

Je me tourne vers ma copine.

— Oui et Lampron s'y trouve aussi...

# Chapitre 15

## Sixième jour

J'ai vingt ans ! Mon père et moi sommes déguisés en membres du service de nettoyage de l'hôtel Ritz-Carlton. J'ai bricolé de faux badges de l'hôtel et mon père a trouvé des costumes. Le plus drôle, ce sont les faux seins en silicone qu'il m'a imposés pour que j'aie l'air plus vieille que mon âge.

Hier, dès notre retour à la maison, j'ai montré à mon père le message de Kevin. Il n'était vraiment pas content. Il est convaincu que Lampron est lié à toute cette affaire. Il a d'abord pensé téléphoner aux policiers que nous avons rencontrés l'autre jour. Il espérait leur expliquer ses soupçons. Mais il s'est vite ravisé en se disant que nous n'étions pas vraiment en bonne posture pour leur faire croire quoi que ce soit. De toute manière, les policiers n'auraient certainement rien gobé, puisque Lampron est actuellement au stage de perfectionnement en piratage informatique que nous lui avons inventé. Difficile d'avoir un meilleur alibi !

Natacha a dormi chez nous. Nous avons pris la décision, mon père et moi, que nous irions nous-mêmes, ce matin, avant la conférence, vérifier ce qu'il y a dans la chambre 304. Avec notre déguisement, nous devrions passer inaperçus, surtout si nous croisons Lampron. Natacha nous attend dans la voiture, elle a décidé qu'elle ne lâcherait pas cette affaire et mon père n'a pas été capable de l'en dissuader.

Nous sommes entrés par le garage de l'hôtel. Le gardien nous a salués. Notre subterfuge fonctionne à merveille. Le troisième étage est désert, excepté pour un couple de personnes âgées qui nous demandent de faire leur chambre juste après le dîner. Nous découvrons à côté de l'ascenseur une petite pièce réservée au personnel, dans laquelle est entreposé un chariot avec le matériel de nettoyage et un gros panier à linge. Nous le prenons avec nous, nous serons plus convaincants.

Nous arrivons finalement à la chambre 304. Personne dans le couloir. Mon père, qui ressemble à un immigré italien, frappe à la porte. Pas de réponse. La porte d'en face s'ouvre. Lampron.

— Qu'est-ce que vous faites là si tôt ? maugrée-t-il.

Mon père, pris de panique, bafouille légèrement. Il a son tic nerveux à la joue.

— Ma... nous vénons faire la chambré !

Lampron fronce les sourcils. Il se rapproche du visage de mon père. L'espace d'une fraction de seconde, je crois qu'il l'a reconnu.

— La chambre, hein! Vous venez deux heures trop tôt.

Mon père doit se demander s'il a été découvert ou pas. Il reste pourtant dans son rôle.

— Si, trop tôt. Beaucoup de chambré à faire oujourd'hui!

Lampron sourit en dévisageant mon père. Je m'attends à ce qu'il nous démasque d'une seconde à l'autre.

— Bon, allez-y, faire la chambre! concède-t-il. Il doit être réveillé.

Lampron sort la clé de la chambre 304 et l'ouvre pour nous. Je remarque que j'ai le dos tout en sueur. Lampron regagne ses appartements. Mon père soupire de soulagement. Nous entrons.

La chambre est en désordre. La télé fonctionne en bruit de fond. Mon père et moi restons plantés là. Il n'y a personne dans la pièce. Une voix nous interpelle du balcon.

— Alors, quoi? Vous le faites, le ménage?

Je reconnais ce timbre de voix.

— Kevin! dis-je en élevant légèrement le ton.

Mon père calme mes ardeurs.

— Pas trop fort, Lucie.

— Lucie? C'est toi?

Kevin entre dans la pièce par la porte vitrée. Il a l'air en bonne santé. Il parle à voix basse. Mon père démarre l'aspirateur près de la porte pour camoufler le bruit de notre conversation.

— Lucie, je suis content de te voir. Ma mère t'a contactée ?

— Oui, elle m'a transmis ton message.

— Ouf ! Je savais que je pouvais lui faire confiance. Ici, ils ne me laissent pas téléphoner. Je suis enfermé depuis mardi. Mon père insistait tellement pour que j'entre en rapport avec toi depuis quelque temps que j'ai fini par comprendre ce qu'il manigançait. J'ai obéi à ses ordres, mais mardi, j'ai terminé mon examen plus tôt et, avant de retrouver mon père au Ritz où il m'attendait, j'ai filé chez ma mère pour lui remettre le message.

— Kevin, il est temps de nous expliquer clairement ce qui se passe, le somme mon père.

Kevin s'assied sur son lit. Il a l'air désespéré.

— J'aurais préféré éviter de vous embarquer dans cette histoire, mais je n'ai jamais été capable de m'opposer à mon père. Il est responsable de tout ce qui vous arrive.

— C'est lui qui te cache ici ? Il veut faire croire que tu as été kidnappé ?

— Faut pas se fier aux apparences d'homme d'affaires de Frank Black. Mon père et Lampron sont des escrocs professionnels. Oubliez cette histoire d'enlèvement, la rançon, les lettres anonymes, l'enquête de police par les agents de Lampron : c'est juste pour mettre toute la pression sur vous. Il a monté ce piège pour que vous acceptiez de prendre sa place à la conférence de presse sans poser de questions.

Il voulait des spécialistes pour que les journalistes présents n'y voient que du feu.

— Ton père a besoin d'un alibi, n'est-ce pas? devine mon père.

— Ouais.

— Et pourquoi ne nous a-t-il pas tout simplement proposé un contrat ordinaire?

— Est-ce que vous auriez accepté si vous aviez compris qu'il fallait l'innocenter d'un vol de plusieurs millions?

Je sursaute. C'est tout un hold-up, ça!

— Il veut faire sauter une banque? dis-je.

— C'est bien plus simple. Il veut voler son propre processeur pour toucher la prime d'assurance...

Mon père semble avoir saisi. Il poursuit le raisonnement de Kevin.

— Et il va le voler pendant la conférence de presse. Ainsi, il aura le meilleur alibi possible, puisqu'il sera vu au même instant par des milliers de spectateurs. C'est bien ça?

— En plein ça!

J'essaie de mettre de l'ordre dans ma tête. Un point ne me semble pas très logique.

— Mais, s'il a entre les mains un processeur aussi révolutionnaire, pourquoi est-ce qu'il ne le met pas en vente comme prévu? Ça lui rapporterait bien plus.

— Mon père n'est pas un électronicien, Lucie. Le processeur, c'est rien qu'une belle boîte vide, nous confie Kevin. Frank Black a convaincu quelques personnes qui ont du *cash* que son processeur est un outil révolutionnaire.

Ce sont elles qui ont fourni les fonds nécessaires au démarrage de son entreprise. Après, il a juste eu à choisir un assureur pas trop difficile. L'assureur a vu le système de sécurité que proposait mon père pour le processeur, les dossiers, le plan d'affaires de l'entreprise, et il a accepté d'assurer au montant demandé...

Mon père semble intrigué par un détail.

— Ton père aurait très bien pu faire appel à des cambrioleurs spécialisés pour voler le processeur pendant qu'il était lui-même à la conférence ! Ç'aurait été beaucoup plus simple.

Kevin étouffe un rire nerveux.

— On voit que vous ne connaissez pas mon paternel ! Il y a longtemps, il a été victime d'un vol organisé par des femmes qui s'étaient fait passer pour des collaboratrices. Depuis, il a retenu la leçon : pas question d'accorder sa confiance à qui que ce soit pour ses coups douteux.

J'interviens.

— Sauf à Lampron.

— Ouais, lui c'est différent. Je crois que c'est lui qui a insisté pour que mon père fasse affaire avec vous. Je ne sais pas trop pourquoi, mais ce type aimerait bien vous voir derrière de solides barreaux.

Je regarde mon père d'un air interrogateur.

— Je n'en sais pas plus que toi, Lucie, me répond-il en haussant les épaules.

— Et toi, dans cette histoire ? dis-je en me tournant vers Kevin.

— Je ne suis qu'un pion. C'est tout. Il s'est servi de moi pour vous attirer dans le guêpier. Parfois, je crois que c'est juste pour ça qu'il voulait avoir ma garde. J'aurais dû m'arranger pour rester à Rougemont.

Mon père se tourne vers moi en me faisant signe de sortir.

— Bon, tout bien réfléchi, je crois qu'il ne reste plus qu'à aller frapper à la porte d'en face et déclarer à Lampron que nous avons tout compris. Ce n'est plus la peine qu'il compte sur nous pour leur coup douteux.

— NON! intervient Kevin.

— Kevin, reprend mon père avec une voix plus forte, je ne vois pas l'intérêt de tremper une seconde de plus dans les combines de ton paternel. C'est un homme dangereux et je n'ai pas envie d'avoir la police sur le dos.

— Justement! Vous ne comprenez pas! Si vous vous retirez maintenant, vous devenez gênants pour mon père, puisque vous êtes au courant de tout. Black a de bons amis, très bien placés. Il a écrasé ma mère comme une miette au tribunal, ne commettez pas la même erreur.

Je ne vois pas où Kevin veut en venir. Nous n'allons tout de même pas participer à ce cambriolage.

— Qu'est-ce que tu suggères?

— Aidez-moi. J'ai une idée pour le coincer. Il faut le prendre en flagrant délit. C'est ma seule chance de retourner avec ma mère.

Mon père se crispe. Il change d'humeur.

— Tu délires ! Qu'est-ce que tu veux qu'on fasse ? Je n'ai jamais tourné dans un James Bond, moi !

Kevin rentre la tête dans ses épaules. Son visage se décompose. C'est la première fois que je le vois ainsi. Mon père est allé un peu loin. Kevin parle tout bas en articulant bien, pour que nous comprenions chaque syllabe.

— Il n'y a que vous sur qui je puisse compter. Donnez-moi une chance de vivre à nouveau avec ma mère... comme avant.

Si je pouvais demander cela à quelqu'un et qu'il y ait la moindre chance de réussite, je l'implorerais certainement autant. Je regarde mon père. Je sais qu'il devine à quoi je pense. Je prends les devants !

— On va t'aider.

# Chapitre 16

— Il y a une caméra de surveillance, précise Kevin. Si la carte magnétique n'est pas insérée à l'entrée du couloir et qu'un individu parvient d'une façon ou d'une autre à passer le plancher sensitif, un balayage laser détecte sa présence dès qu'il arrive dans la salle sécurisée. La caméra se met alors en marche et envoie un signal vidéo à la police et à l'ordinateur de mon père. C'est un système plus discret que le premier; le voleur ne sait pas qu'il est détecté, mais dès qu'il sort de la chambre forte, la porte en plexiglas se ferme et...

— Je sais ce qui se passe après. C'est quoi, ton idée?

— Super facile. Pendant que mon père se trouve à l'intérieur, on retire sa carte magnétique à l'entrée du couloir. Comme ça, tous les systèmes de sécurité se mettent en marche, mon père reste bloqué sur place, la police arrive et la vidéo de son vol est envoyée directement sur son ordinateur.

— C'est-à-dire sur l'ordinateur que nous aurons à la conférence de presse, ici même, au Ritz, déduit mon père. L'idée n'est pas bête. Ainsi, au bon moment, nous enlevons nos masques et déclarons aux journalistes que nous sommes victimes d'un coup monté destiné à camoufler le vol, que nous retransmettons en direct.

— Exactement! approuve Kevin. Je peux entrer dans les bureaux de l'entreprise, j'y vais souvent avec mon père, je connais le code d'accès...

— Parfait. Tu iras pendant qu'on vous représentera à la conférence de presse! dis-je.

— Non!

— Comment ça, non? s'impatiente mon père.

— Je n'irai pas tout seul.

Il commence à m'énerver.

— Ça ne te tenterait pas de nous aider un peu?

Kevin fait sa tête de chien battu. On dirait qu'il a le poids du monde sur les épaules.

— Lucie, mon père n'est pas correct avec moi. Je ne l'aime pas. S'il me voit en train de lui nuire...

— T'as peur de lui?

— Il est capable de tout. Je ne suis pas sûr d'y arriver seul.

Je me tourne vers mon père en haussant les épaules.

— Accompagne-le, déclare-t-il. Natacha va jouer son rôle à la conférence de presse.

— Papa, t'es sûr ?

— Il n'y a pas d'autre solution, rétorque Kevin. D'ailleurs, Natacha n'aura pas grand-chose à faire. Elle n'est même pas censée parler.

Je dévisage Kevin.

— C'est pour ça que tu espérais qu'elle fasse partie de l'équipe, n'est-ce pas ?

Kevin baisse la tête.

— C'est la meilleure solution que j'aie trouvée. Désolé.

— Je vais veiller sur elle, dit mon père. Promettez-moi d'être prudents et de vous en aller dès que vous aurez retiré la carte.

— T'inquiète pas. J'ai pas le goût de traîner là-bas.

— Bon, il est temps de se mettre en place. Kevin, saute dans le panier à linge, on te sort d'ici !

Nous traversons le couloir à toute vitesse. Lampron ne se montre pas. Nous filons dans l'ascenseur jusqu'au garage. À la sortie, mon père rejoint Natacha dans la limousine transformée pour l'occasion en salon de maquillage. J'attrape mon sac et pars avec Kevin vers le siège social de New-Tech.

▲ ▼ ▲

Nous arrivons devant l'édifice. Excepté une voiture sombre dans le stationnement, le bâtiment a l'air désert. Kevin me dirige vers la porte principale. Pas très discret !

— T'es sûr que ton père ne risque pas de nous voir ?

— Il ne s'attend pas à nous trouver ici.

Kevin me dicte le code de la porte. Il me laisse l'ouvrir. La galanterie et lui, ça fait deux !

— Merci pour ton aide !

— S'cuse !

Nous pénétrons dans l'édifice. Je m'apprête à prendre l'escalier, mais Kevin se plante devant l'ascenseur. Je m'exclame :

— T'es fou ! Je ne veux pas monter par là, on va nous entendre arriver à des kilomètres.

— Hé ! Lucie, le bureau de mon père se trouve dans le couloir opposé à l'ascenseur. Il n'entendra rien du tout.

— Non, désolée, dis-je la main collée sur la poignée de porte de la cage d'escalier. J'ai promis à mon père qu'on ne prendrait pas de risques inutiles.

— Ça va, c'est bon. Je te suis.

Nous montons à pas feutrés les trois étages qui nous séparent des bureaux. En haut, tout est tranquille. Au bout d'un couloir, une porte de bureau est entrouverte.

— Il est là, me souffle son fils. Il ne va pas tarder à mettre son plan à exécution. *Let's go*, la conférence de presse doit avoir commencé.

Je pense à mon père, et aussi à Natacha, qui doit être en train de jouer son premier rôle au Ritz. J'espère que tout va bien pour eux. J'aimerais être là pour voir la tête de Lampron quand nous allons diffuser le vol en direct. Quel coup de théâtre ! Les journalistes vont avoir tout un *scoop*.

— Bon, on y est, me fait remarquer Kevin en me montrant le couloir et, tout au fond, la porte de la chambre forte.

Nous devons nous cacher pas trop loin. Ainsi, dès que Black sera dans la salle sécurisée, nous n'aurons qu'à retirer la carte magnétique.

— Il y a un bureau juste là, m'indique Kevin. On va pouvoir tout observer.

— Je crois que ton plan va fonctionner. Tu vas bientôt revoir ta mère, dis-je, tout enthousiaste.

— Youpi ! marmonne-t-il d'une voix peu convaincante.

Nous arrivons dans le bureau, flambant neuf comme tous les autres. Nous nous accroupissons au sol contre le mur. Nous n'allons pas tarder à entendre Black arriver.

Je regrette un peu d'avoir mêlé Natacha à tout ça. La voilà déguisée en quelqu'un d'autre devant des dizaines de journalistes. Leur prestation doit être crédible au moins jusqu'au moment où Black va apparaître à l'écran. Justement, je perçois un bruit qui vient de son bureau. Il s'approche, les pas résonnent dans le couloir. Il n'est plus très loin de nous.

J'ai peur qu'il nous aperçoive. Nous aurions dû trouver une meilleure cachette. Black s'arrête. J'ai des sueurs froides. Je tourne la tête vers Kevin qui, malgré le stress, paraît totalement décontracté. Il déballe une gomme à mâcher. Son père pousse la porte entrouverte. Kevin me sourit, se lève. Je ravale ma salive. Black savait que nous serions là !

Il regarde sa montre.

— Pas mal, exactement dans les temps, commente-t-il en gloussant. Debout, Lucie.

Kevin me dévisage. Il a un sourire que je n'aime pas.

— Ben quoi, Lucie ? lance-t-il d'un ton moqueur en mettant la gomme dans sa bouche. Tu t'imaginais sans doute que j'avais hâte de retourner vivre avec ma mère pour passer mon temps à cueillir des fruits sauvages et fréquenter une bande de colons de Rougemont !

— Mais… mais Kevin, qu'est-ce que… qu'est-ce que tu veux dire ?

Je n'arrive pas à y croire : Kevin s'est moqué de nous. Je suis prise au piège.

— Ma mère est une alcoolique, t'as pas encore compris ? Elle voit en moi un garçon bien mignon qui a hâte d'aller revivre avec elle en pleine nature. Tchip, tchip, les p'tits oiseaux, puis toutes ces niaiseries-là. C'est SA perception des choses ! Elle s'est jamais demandé pourquoi je passais tant de temps à l'extérieur de la maison. Sans doute qu'elle aurait fini par comprendre que c'était justement pour pas rester avec elle. Ma mère, c'est une perdante, une *loser*, et elle le restera toute sa vie.

Disparaître, je n'ai que ça en tête ! Je ne sais pas ce que je fais ici et je ne tiens pas à le savoir. Ça ne va pas être facile de semer ces deux-là. Il faut tenter le coup. Je bondis, mais à peine au seuil de la porte, je suis déséquilibrée. Quelqu'un m'a fait un croche-pied. Kevin m'attrape par le collet. Il me redresse et me met un couteau sous la gorge. Les larmes me montent aux yeux. Mes membres ont la tremblote.

— Ne nous fausse pas compagnie, Lucie, me conseille Black d'un ton glacial.

— Qu'est-ce que vous voulez ?

— Juste un petit coup de main...

Frank se tourne vers son fils en lui montrant le téléphone.

— Appelle Anthony à l'hôtel et dis-lui de me passer le père de mademoiselle, même s'il est en pleine conférence.

Kevin s'exécute. Black se retourne vers moi.

— Toi et ton père me fournissez un excellent alibi pour ce petit cambriolage, et en plus, vous allez faire de parfaits coupables.

— Je comprends rien à votre histoire.

— Les journalistes vont assister à un vol en direct. C'est bien ce que mon fils vous a expliqué ? Il a omis de te préciser que c'est toi qu'ils vont voir à l'écran. De fait, tu es une bonne amie de mon fils. Il t'a donc été très facile de lui soutirer des détails sur mon entreprise. Ainsi, tu as fourni ces informations à ton père et vous venez voler le processeur pendant que je donne une conférence de presse. C'est un bon moyen de sortir de l'endettement !

Je n'arrive pas à croire qu'on puisse monter un coup pareil. Je suis rouge de colère.

— On n'est plus endettés. Vous devriez mieux vous renseigner.

— Ton père demeure tout de même le bouc émissaire idéal, il n'en est pas à son premier coup.

Kevin tend le téléphone à son père.

— Sidney Lafortune, papa...

Black s'empare du combiné. Kevin vient se placer à côté de moi. Il tient toujours le couteau.

— Sidney ? Petite mise au point. Je détiens votre fille, si vous voulez la revoir en un seul morceau, poursuivez comme prévu. Dès que le cambrioleur apparaîtra à l'écran, faites-en part aux journalistes en disant qu'une caméra de surveillance a repéré un intrus dans vos bureaux. Je veux qu'ils voient l'entièreté de ce qui va se dérouler. Un détail, toutefois : si vous vous démasquez ou si les journalistes apprennent d'une manière ou d'une autre que vous n'êtes pas moi, vous ne reverrez jamais votre fille. J'espère que c'est clair.

Black raccroche.

— À toi d'entrer en scène, Lucie.

Kevin me fait signe de le suivre. Black nous emboîte le pas.

Nous sommes à l'entrée du couloir de la chambre forte. Frank Black enfile des gants de cuir et soulève le cadre derrière lequel se trouve le lecteur de carte. Je jette un regard interrogateur sur lui. Pourquoi des gants ?

— Lorsque tu es restée bloquée derrière la cloison l'autre jour, ton père a eu la merveilleuse idée d'utiliser ma carte

154

d'accès pour te délivrer. Sans le vouloir, tu m'as aidé à obtenir les empreintes de ton père sur la carte qui permet d'ouvrir le coffre. Comble de la réussite, tu as toi-même laissé une multitude d'empreintes un peu partout dans nos bureaux. Comme tu le vois, nous étions prédestinés à travailler ensemble.

— Votre ex-femme a raison. C'est dangereux de s'approcher de vous.

Black sourit.

— La voie est libre, maintenant, le plancher est désamorcé, m'informe-t-il. Vas-y, avance jusqu'au fond du couloir et ouvre la porte blindée.

Black va respecter à la lettre le plan que Kevin nous a suggéré. Une fois que je serai dans la pièce sécurisée, il va retirer sa carte. C'est moi que les journalistes verront et, comme il y a peu de chance qu'une ado réalise ce genre de coup toute seule, ils vont soupçonner mon père aussi ; d'ailleurs, il y a ses empreintes partout. J'ai une terrible envie de cracher à la figure de ces deux-là. Je regarde discrètement derrière moi. Pas moyen de m'échapper. Ils me bloquent le passage.

— N'essaye pas par là, je m'en voudrais de te blesser, menace Kevin, qui pointe son couteau vers moi.

Je n'ai pas d'autre choix que de m'exécuter. Je vais jusqu'à la grosse porte d'un pas hésitant. J'ouvre et je pénètre dans une pièce toute en aluminium. C'est comme entrer dans une chambre froide. En plein milieu, il y a une petite boîte sur un socle et un classeur rempli de documents.

Dès que j'ai les deux pieds dans le coffre, j'entends Black qui retire sa carte.

— Souris, Lucie, tu passes à la télé. *Hold-up Académie!* lance Kevin en rigolant.

— Utilise ton sac à dos. Mets-y la boîte et le porte-documents, ordonne Black.

Je m'exécute.

— Il te reste juste à nous jeter le sac, maintenant, conclut Kevin, visiblement très fier de son coup. Lance!

Je ne veux pas me séparer de mon sac. C'est celui de ma mère. C'est tout ce qu'il me reste d'elle. Il y a toutes mes choses dedans. J'ai subitement très envie d'embêter les Black. Je dépose mon sac à côté de moi à l'entrée de la salle sécurisée. Je croise les bras en les regardant, bien décidée à ne pas bouger. Qu'ils viennent le chercher, leur sac.

Me voyant faire, Kevin met son pied juste au-dessus du plancher sensitif.

— Ne joue pas à ça, Lucie. Le gaz se répand jusque dans la chambre forte.

Je n'ai pas envie d'en respirer une nouvelle fois. Ça ne m'avancerait à rien. Dès que le gaz aurait produit son effet, Frank Black arrêterait le système de sécurité et viendrait récupérer mon sac. D'une façon ou d'une autre, j'ai perdu. Je prends le sac et le lance de toutes mes forces dans leur direction. Kevin l'attrape. Il vérifie si tout s'y trouve.

— Un vrai sac de fille! Il y a de quoi faire une vente-débarras, là-dedans!

Il regarde son père, qui s'impatiente.

— Tout y est!

— Beau travail, Lucie, raille-t-il. On se revoit bientôt...

Les deux compères disparaissent au pas de course. Je les entends dévaler l'escalier.

Je regarde tout autour. Il faut que je sorte d'ici et vite. Mon seul espoir, c'est de retenir les Black, de leur faire perdre du temps et de souhaiter que les journalistes arrivent vite.

Cependant, dès que j'aurai mis un pied hors de la pièce sécurisée, la cloison va se fermer. La distance qui me sépare de la cloison est trop importante pour que je puisse la franchir avant la fermeture complète. Il faudrait que j'arrive à bloquer la vitre de plexiglas quand elle va descendre. Mais comment? Je ne peux rien déposer sur le sol sous peine de déclencher le système.

Les pots de fleur! Il y en a un de chaque côté de la porte de la chambre forte, et ils sont déjà sur le plancher. Avec un bon élan, je pourrais sans doute les faire rouler jusque sous la cloison. Ils devraient bloquer le mécanisme. Par contre, s'ils roulent au-delà, le mécanisme se met en marche et je finis asphyxiée. Tant pis, je dois essayer de sortir d'ici. Je m'accroupis près de l'entrée et étire mon bras jusqu'au pot de gauche. C'est plus lourd que je ne le pensais. Je le couche et l'envoie de toutes mes forces. Il roule quelques mètres sur le sol en béton. Je croise les doigts. Il ne poursuit pas sa course en ligne droite, mais la finit contre le mur. Il s'est arrêté trop loin de la cloison.

Deuxième chance. Le pot de droite. La plante étant plus petite, le pot est mieux équilibré. Je le pousse. Le pot roule dans la bonne direction. Sa vitesse est correcte. Avance encore un peu... Freine contre le mur... Oui! Le pot se place juste en dessous de la trajectoire de la cloison. Pas une minute à perdre. Je prie pour que le vase résiste au poids du plexiglas. S'il casse, je serai enfermée.

Je prends mon élan du fond de la salle. Je cours à toute vitesse en retenant ma respiration. Mes pieds touchent le sol du couloir, l'alarme hurle dans tout l'étage. La cloison devant moi se referme très rapidement. Le système de ventilation commence à souffler son gaz paralysant. Je roule sur le plancher. Au même moment, la cloison s'immobilise. Je réussis à passer avant que le vase ne se brise sous le poids. Tout juste! Ouf...

Les marches de l'escalier défilent quatre à quatre. Je manque à deux reprises de trébucher. J'ouvre la porte à double battant et arrive dans le stationnement. Trop tard, la voiture des Black a disparu. Je regarde autour de moi. Les policiers débarquent, ils bloquent l'entrée de l'entreprise. Ils sont déjà au courant. Même les fourgonnettes des chaînes de télévision qui couvraient la conférence arrivent.

Plusieurs journalistes prennent des photos et préparent leur reportage en direct, juste devant moi. Les policiers me surveillent. Ils m'effrayent, certains pointent leur arme sur moi. Je me sens perdue. Lampron arrive dans une voiture de police avec ses deux acolytes à lunettes, ceux-là mêmes qui nous ont interrogés. Ils étaient dans le coup depuis le début. J'aurais dû m'en douter. Il y a beaucoup de bruit autour de moi. Tous les objectifs me fixent. Je ne veux pas les voir.

Un taxi déboule dans l'entrée. Mon père en descend. Il a dû se précipiter quand il m'a vue à l'écran. Il a eu le temps d'enlever son déguisement. Il est intercepté par l'un des hommes de Lampron.

— D'où sortez-vous? Étiez-vous avec elle dans le bâtiment? Où est le processeur?

Mon père réussit à se débarrasser de son interlocuteur qui tente de le fouiller. Il arrive à ma hauteur en courant. J'entends Lampron lancer un appel par radio à haute voix.

— Bouclez le périmètre, les suspects doivent avoir confié le processeur à un complice. Trouvez-le!

Lampron joue parfaitement son rôle. Il sait très bien qu'il n'y a pas d'autres complices et que nous n'avons pas le processeur. Son seul but est de faire croire à toutes les personnes présentes qu'après notre cambriolage, nous avons mis notre butin en sécurité.

Je suis désemparée. Cette histoire m'a tellement épuisée... Nous n'aurions rien pu faire contre des escrocs aussi bien préparés. Mon père me prend dans ses bras. Je suis comme une poupée désarticulée. Je voudrais tant lui dire: «Je suis désolée, papa, excuse-moi», mais les mots restent coincés dans ma gorge. J'éclate en sanglots. Mon père me serre fort.

— Ça va aller, ma belle. Tu t'en es sortie, c'est le principal.

Je sens que mon père a la gorge nouée, lui aussi. Il est conscient de ce qui est en train de se passer, du traquenard dans lequel nous sommes tombés. Le piège s'est refermé sur nous.

Subitement, je pense à mon amie.

— Et Natacha ?

— Ne t'inquiète pas pour elle. Quand le vol a été diffusé lors de la conférence, ça a été la confusion. Je suis parvenu à m'éclipser avec Nat. Je l'ai renvoyée chez elle en taxi. Personne ne soupçonnera qu'elle a été mêlée à tout ça.

Mais nous... nous n'avons plus aucune chance. En venant ici, mon père a agi exactement comme Black le souhaitait : nous sommes tous les deux sur le lieu du crime. Je soupçonne Lampron d'avoir laissé mon père quitter la conférence en sachant très bien qu'il se précipiterait ici même, au siège de l'entreprise. Que va-t-il nous arriver, maintenant ? C'est trop injuste. Mon père avait enfin un rôle important dans une pièce. Nous allons être accusés de vol. Je ne veux pas être séparée de lui, je ne veux pas qu'il soit arrêté à cause de Black et de ses complices. J'aimerais juste reprendre notre vie là où nous l'avons laissée mardi dernier, le matin où nous avons conduit Mario à l'aéroport. Comment allons-nous prouver que nous ne sommes responsables de rien, que nous avons été manipulés ? Il y a nos empreintes

160

partout dans le bâtiment, j'ai été filmée et mon père a déjà pris part à un vol de banque. Tout est contre nous.

Subitement, je vois arriver la berline noire de Black. Comme s'il n'en avait pas fait assez, il ose revenir ici pour assister à notre arrestation ! En le voyant descendre fièrement de voiture avec son fils, je sens une bouffée de rage exploser en moi. Je me lance vers eux poings fermés. J'ai tellement envie de leur taper dessus ! J'entends à peine les menaces des policiers qui me demandent de me calmer et de retourner près de mon père. Je suis arrêtée net dans ma course par un jeune agent. Il me bloque volontairement le passage. J'essaye de l'éviter, mais il m'attrape par la taille et me ramène auprès de mon père.

— Évite les gestes brusques, j'ai des collègues assez nerveux, me conseille-t-il.

Le ton calme de sa voix refroidit mes ardeurs. Je fais ce qu'il me demande. J'entends Frank Black s'adresser à des journalistes derrière mon dos. Je peste intérieurement.

— Oui, il s'agit bien de la jeune fille que nous venons de voir à l'écran. L'autre individu doit être son complice. Rendez-moi ce qui m'appartient ! vocifère-t-il en s'adressant à mon père.

Mon père ne répond pas. Il dévisage Black. Ce n'est pas un regard mitraillette, c'est carrément un lance-flammes.

Le policier à la voix calme s'est approché de moi et m'a priée de mettre mes mains derrière mon dos. Deux bracelets glacials entourent mes poignets. Tandis qu'il me récite mes droits, je dévisage Kevin, qui semble très fier de son coup. Je déteste son sourire.

Alors qu'on me conduit vers la voiture de police dans laquelle je dois monter, un son strident émerge du brouhaha ambiant. Au premier abord, personne ne semble le remarquer. Je m'arrête. Le policier me demande d'avancer. J'attends. Je vois une journaliste qui attrape son cellulaire à sa ceinture. Elle le regarde et fait signe à ses collègues que ce n'est pas le sien qui sonne. Un deuxième journaliste a le même réflexe. Puis un troisième. Les policiers vérifient leurs télé-avertisseurs et leurs cellulaires. Toute l'attention se concentre sur cette petite sonnerie stridente que tout le monde perçoit maintenant, mais dont visiblement personne n'est responsable. Pourtant, la petite musique résonne toujours. Je connais cet air-là : c'est *La Danse des canards* ! La femme de Mario devait rappeler aujourd'hui. Tous les regards se tournent vers la voiture de Frank Black, qui lui ne bronche pas.

Kevin, agacé par la sonnerie, ouvre la portière arrière de la voiture et en sort un sac. Mon sac. Il attrape mon téléphone bleu et coupe la sonnerie.

— Voilà, voilà, clame-t-il, l'air décontracté, pour se donner une contenance.

Je n'ose pas espérer ce qui va suivre. Je vois le visage de Black devenir livide. Plusieurs journalistes ont les yeux rivés sur le sac en *patchwork* aux couleurs flamboyantes. Kevin, souriant, voyant que tout le monde fixe le sac, s'apprête à le relancer dans la voiture lorsqu'un journaliste interrompt son geste.

— Une minute ! C'est le sac qu'on a vu sur la vidéo.

Kevin vient de comprendre son erreur.

— Ridicule, lance Black. Ce sac appartient à mon fils.

— C'est plutôt féminin, comme sac, souligne une autre journaliste.

Un policier s'approche et jette un œil au sac.

— C'est bien celui que nous avons vu à l'écran.

Un journaliste plus âgé se dirige vers Lampron. Son visage me dit quelque chose.

— La police pourrait-elle faire son travail et vérifier le contenu de ce sac ? Ça me semble impératif, non ?

— Laissez-nous juger de ce qui est impératif, le sermonne Lampron. Concentrez-vous sur les coupables.

Le jeune policier qui se tient tout près de moi fusille Lampron du regard.

— Inspecteur, excusez-moi, mais aucune accusation n'a encore été portée contre ces personnes, affirme-t-il en nous désignant, mon père et moi. C'est un peu tôt pour les traiter comme des coupables.

— Arrêtez votre excès de zèle et n'oubliez pas que vous vous adressez à votre supérieur, fulmine Lampron. Vous avez vu la vidéo comme tout le monde. On ne vous a rien appris à l'école de police ? Embarquez-moi ces deux-là, ordonne-t-il en nous montrant du doigt, et passons à autre chose !

Plusieurs policiers sont visiblement en désaccord avec Lampron. La tension est palpable. Le plus drôle, c'est quand même la tête de Kevin, qui ne sait plus comment réparer sa bévue. Son père tente de l'aider.

— La police de Montréal n'est visiblement plus capable de faire du bon travail, claironne-t-il. On assiste à un vol en direct et ce sont les honnêtes gens que l'on soupçonne !

Le vieux journaliste éclate de rire. Qu'est-ce qui lui prend ? Je ne comprends pas la blague.

— Monsieur Black, vous êtes mal placé pour parler d'honnêteté. Il me semble que la vôtre a été sérieusement remise en question il y a quelques années, alors qu'il était question de la revente d'un projet gouvernemental. Étrangement, c'est d'ailleurs le même inspecteur Lampron qui vous avait sorti de ce mauvais pas.

Je sais où je l'ai vu ! C'est le journaliste qui a écrit l'article que Natacha m'a montré l'autre jour, quand nous étions dans le parc près de chez moi. Je me souviens de sa photo.

Le jeune policier s'avance vers Kevin et demande à celui-ci de lui remettre le sac. Lampron et ses deux agents font barrière.

— Vous osez aller à l'encontre de la décision d'un supérieur ? se hérisse Lampron.

Plusieurs autres policiers viennent se placer derrière leur jeune confrère.

— Simple vérification de routine, inspecteur, déclare ce dernier avec un petit sourire en coin en voyant qu'il a l'appui de ses collègues. Je suis certain que monsieur Black n'a rien à se reprocher.

Je n'ai jamais vu une scène pareille. On dirait que Lampron s'apprête à dévorer le jeune policier. L'inspecteur regarde autour de lui : les journalistes sont partout, prennent des notes et filment tout ce qu'ils peuvent. Si nous voulions nous échapper maintenant, ce serait facile, plus personne ne fait attention à nous. Je sens Lampron fondre sous les regards. Il n'a pas le choix. Mon père m'adresse un petit sourire. Il pense la même chose que moi : il y a encore un espoir pour nous. Lampron et ses deux acolytes s'écartent et laissent passer le policier, qui arrache le sac à Kevin.

Parmi toutes les choses qui tombent du sac qu'il retourne sur le capot de la voiture, se trouvent un porte-documents et une petite boîte contenant un processeur révolutionnaire qui ne fonctionnera jamais.

# Épilogue

J'ai embrassé un policier sur la bouche ! J'ai un peu honte quand j'y repense, mais c'est arrivé comme ça ! Il y a deux jours, alors qu'on nous interrogeait dans les bureaux de la Sûreté du Québec, le jeune policier, celui qui m'a arrêtée dimanche, est venu nous dire qu'aucune charge ne serait retenue contre nous. J'étais tellement contente que j'ai sauté de joie et que mon premier réflexe a été de l'embrasser. Tout le monde a ouvert des yeux ronds. Moi, j'ai viré au rouge tomate, puis je me suis calmée.

Après notre témoignage, le jour de notre arrestation, la police a fait plusieurs perquisitions chez Black, à l'entreprise New-Tech et au Ritz-Carlton. Les agents ont découvert suffisamment de preuves pour démontrer que nous avions été victimes d'un odieux chantage. Nous n'avons même pas eu besoin de parler de notre agence d'alibis.

167

Je m'attendais à ce que Lampron dénonce notre petit trafic au cours de l'enquête, mais l'inspecteur a mystérieusement disparu avant même qu'on lui pose une première question. La police est à sa recherche, mais quelque chose me dit qu'on ne remettra pas la main sur lui de sitôt.

Ses deux acolytes ont provisoirement été démis de leurs fonctions depuis qu'une enquête interne a mis au jour d'importants versements d'argent dans leur compte respectif. On les soupçonne d'avoir participé au chantage et d'avoir couvert l'absence de Lampron en inventant qu'il était à un stage de perfectionnement en piratage informatique. Bien sûr, ils ont essayé de nous dénoncer, mais personne ne les a pris au sérieux.

Black va avoir du mal à s'en sortir, cette fois. Il est déjà placé en garde à vue pour escroquerie, usage de faux documents et manipulation médiatique. L'assureur de Black intente des poursuites contre New-Tech pour tentative de fraude et j'ai l'impression que ce n'est pas fini. Il y a peu de chances pour que, cette fois, un certain Lampron arrive à sa rescousse.

Je ne sais pas ce qu'il va advenir de Kevin. Va-t-il devoir retourner chez sa mère, sera-t-il accusé de quelque chose ou placé dans un foyer ? Tout ce que je souhaite, c'est ne plus jamais le croiser. Je ne sais pas quelle serait ma réaction envers quelqu'un qui a ainsi trahi ma confiance.

Nous mettons de côté nos services d'alibis pour quelque temps. Dès demain, mon père se consacrera à temps plein à l'étude de son rôle. La première de sa pièce a lieu dans deux semaines. Parallèlement, il voudrait chercher de nouveaux contrats, peut-être pour la télévision ou la publicité. Je suis heureuse de le revoir aussi motivé. Il est convaincu que le rôle qu'il a décroché va lui ouvrir des portes. Je croise les doigts. De mon côté, j'ai décidé de me trouver un petit boulot pour les vacances, afin d'aider mon père à payer notre maison, peu importe ce que les filles de ma classe en penseront.

Pour l'heure, il nous reste Mario à ramener de l'aéroport. Il est assis en face de moi à l'autre bout de la limousine et me sort de mes rêveries.

— As-tu eu des appels de ma femme pendant mon séjour ?

Je souris en entendant cette question. Je fixe mon regard sur lui.

— Presque tous les jours.

— Oh ! Tant que ça ? dit-il, embêté.

— Je n'ai pas eu souvent l'occasion de prendre la communication.

— N'empêche, je vous dois une fière chandelle. Si vous n'étiez pas là...

Je regarde mon vieux téléphone bleu sur la tablette. J'ai presque envie de lui faire le même compliment. Si sa femme n'avait pas été là...

— Ne vous inquiétez pas, j'ai bien l'intention de vous dédommager, poursuit-il. Ce n'est pas la première fois que vous me donnez un coup de main.

Je suis certaine que mon père et moi pensons à la même chose.

— Rien ne presse, dis-je avec un grand sourire. On s'arrangera plus tard...

Mario est très surpris par ma réaction. Il ne comprend pas ma nouvelle largesse, mais il m'en remercie.

Nous arrivons devant chez lui. Mario me salue. Mon père lui ouvre la porte et le raccompagne. La voiture repart.

Je regarde par la fenêtre, les yeux dans le vide. Je sens la route défiler sous la grosse limousine. Nous rentrons chez nous. Ce soir, j'ai rendez-vous avec mes amis pour une soirée de jeux vidéo en réseau et, chose tout à fait exceptionnelle, Steve est parvenu à convaincre Natacha d'y participer. Il faut dire qu'elle a bien aimé se prendre pour quelqu'un d'autre lors de la conférence de presse et comme Steve lui vantait les mérites du jeu de rôle en ligne, elle a fini par accepter de s'installer devant une console de jeu. Si ça peut la faire décrocher du rôle qu'elle a tenu au Ritz-Carlton, mes oreilles ne s'en porteront que mieux. À l'entendre, j'ai manqué toute une prestation. C'est tout juste si elle ne me reproche pas de ne pas avoir été dans la salle pour l'admirer !

Quand je repense à tout ce qui nous est arrivé, je constate qu'il me manque des pièces du casse-tête. Quel était l'intérêt de Lampron dans cette affaire ? Qu'aurait-il gagné à ce que nous nous retrouvions derrière les barreaux, mon père et moi ? Et, surtout, pourquoi insister pour savoir ce qu'il est advenu de ma mère ? Quel rapport avec la magouille de Black? Lampron aurait-il quelque chose à voir avec la disparition d'un bateau au large du Groenland, il y a trois ans?

Je crains que ces questions restent à jamais sans réponses.

Pourtant, je n'arrive pas à me défaire de cette intuition qui, au fond de moi, me dit que ma mère est un pion important sur l'échiquier de ce drôle de jeu...

# Remerciements

Merci à Cédric Laval, Louise Michaud, Georges Michaud et Valérie Nizette pour leurs critiques et conseils.

Je remercie tout particulièrement mon épouse Annie, pour son aide à toutes les étapes de la rédaction, ainsi que Anne-Marie Villeneuve, éditrice, et son adjointe, Marie-Josée Lacharité, pour l'incroyable travail de relecture et d'analyse du manuscrit.

**Du même auteur chez d'autres éditeurs**

*La Main*, Éditions de la Bagnole, 2016.
*Le Fantôme de l'Opéra*, Éditions de la Bagnole, 2015.
*L'Étrange Cas du Dr. Jekyll et de M. Hyde*, Éditions de la Bagnole, 2015.
*La Machine à explorer le temps*, La Bagnole, 2014.
*Dracula*, La Bagnole, 2014.
*Frankenstein*, La Bagnole, 2013.
*Vingt milles lieues sous les mers*, La Bagnole, 2013.
*Ma sœur veut un zizi*, La Bagnole, 2012.
*Maman va exploser*, La Bagnole, 2010.
*Le Fou du roi*, Michel Quintin, 2009.
*Beurk! Des légumes*, ERPI, 2009.
*La pendule d'Archimède*, Michel Quintin, 2006.
*Un boucan d'enfer*, ERPI, 2006.
*Une idée de grand cru!*, Michel Quintin, 2005.

## FABRICE BOULANGER

Fabrice Boulanger est auteur et illustrateur de livres pour la jeunesse. Peu avant de quitter sa Belgique natale pour émigrer au Québec, il fait des études supérieures en illustration et bande dessinée. Il remporte d'ailleurs le Prix jeunesse des libraires 2013 dans la catégorie « albums québécois » avec un livre au sujet controversé : *Ma soeur veut un zizi* (La Bagnole, 2012). Chez Québec Amérique, après la série *Alibis* composée de quatre polars mouvementés, il propose *Tiki Tropical*, une aventure en pleine jungle lors d'un jeu télévisé.

## Fiches d'exploitation pédagogique

Vous pouvez vous les procurer sur notre site
Internet à la section jeunesse/matériel
pédagogique.

quebec-amerique.com

Maria Samaha!

# TITAN
## SUSPENSE

Collection dirigée par
Stéphanie Durand